純愛ロマンチカ 7

「もっと……」

「水を？　それとも、キスのほうか？」

「どっちも」

美咲の欲張りな願いを、秋彦は黙って叶えてくれた。水を飲み下したあとも冷たくなった舌同士を絡め合う。

純愛ロマンチカ7

藤崎　都
中村春菊=原案

17341

角川ルビー文庫

純愛ロマンチカ7

Contents

Junai Romantica7
Presented by
Miyako Fujisaki & Shungiku Nakamura

口絵・本文イラスト／中村春菊

ふほああああ
東京都・山
にゃー
にゃー
にゃー
きょうのわんにゃんこ
くーん
くーん
純愛《じゅんあい》ロマンチカ7
プロローグ
やっべえええ
モフモフだ〜
はぁ
はぁ
はぁ
はぁ
はぁ
はぁ
チョー
なでくり回《まわ》したい
どうした
気持《きも》ち悪《わる》い顔《かお》
して
なんだって?
ウサギさんみてみて
モフモフすぎる
そーいえば
ウサギさんって
一人暮《ひとりぐ》らし始《はじ》めてから
ペットとか飼《か》った事《こと》
ないの?
作家の人は
よくペット飼ってる
イメージ

ペットなら 2階《かい》にまりもと ウナギがいるじゃないか
そうだね 世話《せわ》してるの 俺《おれ》だけどね
不規則《ふきそく》な生活《せいかつ》を していると 生《い》き物《もの》を飼《か》うのは ためらいがあってな…
はい 宇佐見《うさみ》
まー 犬《いぬ》とかは 散歩《さんぽ》あるから ウサギには無理《むり》 だよなー
コポー
そーだ ウサギさんの家《いえ》の アレキサンダー 散歩《さんぽ》させてくれる って前言《まえい》ってたけど いつかなー
実《じつ》はこっそり 楽《たの》しみなんだけど
――だから!
ビクッ

その話《はなし》はもういいと何度《なんど》も言《い》ったはずだ
いや だから
そんな暇《ひま》はないし行《い》くつもりもない
とりあえず今《いま》 仕事中《しごとちゅう》だから切《き》るぞ
ガシャン
ウサギさん どーしたの？
大丈夫《だいじょうぶ》？
え？
ああ すまん
田中《たなか》からだ
亡《な》くなった祖父《そふ》の遺産《いさん》の件《けん》でまだゴチャゴチャしててな…

え!? あの13億《おく》の事《こと》まだ引《ひ》きずってたの？

いや それはとうの昔《むかし》に話《はなし》がついたんだが 色々《いろいろ》あって今度《こんど》は別《べつ》の物《もの》相続《そうぞく》してくれないかとか言《い》ってきて…

へ—— 何《なに》？

何《なに》か油田《ゆでん》がどーとか……

油田《ゆでん》!?

そんなもんもらってどーすんだって話《はなし》だよな
いや!!

ウサギさんそこは素直《すなお》にありがたく!!!

——と いう訳《わけ》で

純愛ロマンチカ7
子　犬　編

Junai Romantica7

◆

「どうしよう……」

鈴木美咲《すずきみさき》は、自分の部屋で途方《とほう》に暮れていた。まんまるな葡萄《ぶどう》のような瞳《ひとみ》の子犬が、尻尾《しっぽ》を振《ふ》りながら美咲を無邪気《むじゃき》に見つめてくる。

「わんっ」

「……どうしよう……」

元気な鳴き声とは対照《たいしょう》的な呟《つぶや》きを再度漏《も》らす。

大学からの帰り道、公園の入り口に朝にはなかったはずの段ボール箱が置かれていた。普段《ふだん》なら気にも留めないだろうそれが何となく気になって、閉められていた蓋《ふた》を開けてみたら、中で子犬が一匹《いっぴき》丸まって震《ふる》えていたのだ。

『だれかもらってください』とたどたどしい子供の字で書かれた手紙が添《そ》えられていたところを見ると、何らかの事情があって捨てざるを得なくなったのだろう。子犬がくるまっていたのはサイズの小さいフリースのジャンパーで、一緒《いっしょ》に子犬用の餌《えさ》が入っていた。

見つけてしまった以上、放っておくわけにはいかない。美咲は悩《なや》んだ末に、子犬が入っていた段ボール箱ごと家に連れてきてしまった。

（……でも、俺だって飼えるわけじゃないんだよな）

美咲もまだ大学生で居候《いそうろう》の身分だ。面倒《めんどう》を見てもらっている立場で、ペットが飼いたいなどと云《い》えるわけがない。

第一、子犬がいたら家主である藤堂秋彦《とうどうあきひこ》の仕事の邪魔《じゃま》になるかもしれない。彼は世に名の知れた小説家なのだ。

仕事の依頼《いらい》はひっきりなしで、スケジュールは数年先まで埋《う》まっている。毎週のように締《し》め切りに追われる生活を考えると、ペットと共に生活する余裕《よゆう》はないだろう。

優《やさ》しい秋彦のことだから、美咲が「飼いたい」と云えば無理にでも望みを叶《かな》えようとしてくれるかもしれない。そうわかっているからこそ、わがままは絶対に口にはできなかった。

だからと云って、見捨てておけなかった。秋口と云っても、いまは夜になるとずいぶんと冷え込む。こんな小さな体で一晩を外で過ごしたら凍《こご》えてしまう。

偽善《ぎぜん》的と云われるかもしれないが、偶然《ぐうぜん》とは云え目が合ってしまった以上、せめて飼い主くらい見つけてやりたいのだ。

「秋彦さんに何て云えばいいんだろ……」

ずっと内緒《ないしょ》にしておけるとは思えないから、頃合《ころあ》いを見て話さなければならないだろう。飼い主を見つけるまでの間だけ面倒を見るにしても、できる限り迷惑《めいわく》をかけないようにしたい。

しかし、美咲自身、犬を飼うのは初めてだった。子犬ともなると、手がかかることは想像に難《かた》くない。インターネットで検索《けんさく》すれば、そのノウハウもどこかに載《の》っているはずだ。

「確か、予防注射とかもしなきゃいけないんだよね？　このへん獣医《じゅうい》さんって、どこにあったかなあ」

どこかで見かけた気はするけれど、普段意識して見たことがないため、はっきりとした記憶《きおく》がない。それもあとで調べておかなくては。

「あっ、そうだ、お前の名前どうしよっか？」

引き取り手が見つかった場合、その人が名前をつけるのがいいだろう。

しかし、便宜《べんぎ》上呼びかける名前は必要だ。名前になるような特徴《とくちょう》はないだろうかと、きょとんとしている子犬をまじまじと観察する。

形は柴犬《しばいぬ》のようだが、毛足が長く、もこもこしている。どの犬種が混ざっているのかはわからないけれど、ミックスなのだろう。

「お前、女の子か。うーんと、『ちび』じゃそのまんますぎるし……あっ、じゃあ、もこもこしてるから『モコ』でどう？」

ありがちすぎるかもしれないけれど、仮の名なのだから凝《こ》りすぎるわけにもいかない。

名前を呼ばれたことを認識《にんしき》したのかどうかわからないが、『モコ』は振り切れんばかりに尻尾を振った。

「気に入ったのかな。モコ？」

「わん！」

瞳をキラキラさせて、元気よく返事をする様子に相好を崩《くず》す。小さい生き物の愛らしさには抗《あらが》えない。見ているだけで、胸が温かくなってくる。

「じゃあ、何か食べようか？　お腹空《なかす》いてるよね。一緒に入ってたあれなら食べられるのかな」

段ボール箱の中に入っていた子犬用の餌を取り出す。真空パックになっている生タイプの餌のようだ。体重に合わせた食事量を確認していると、モコは室内を嗅《か》ぎ回り始めた。連れてきたばかりのときは大人しくしていたのだが、慣れてきて緊張《きんちょう》も解けてきたのかもしれない。

「あっ、こら、何してるんだ！」

引き出しをかりかりと引っ掻《か》いて開け、そこに顔を突《つ》っ込んでいた。そして、その中から下着や靴下《くつした》を引っ張り出している。

慌《あわ》ててモコを抱《だ》き上げようとしたけれど、するりと腕《うで》の中から逃《のが》れ、ベッドの下に潜《もぐ》り込んでしまう。

「モコ！　どこ入ってるんだよっ、ほら、こっちおいで」

床《ゆか》に這《は》うようにしてベッドの下を覗《のぞ》くと、小さな体で縦横無尽《じゅうおうむじん》に動き回っていた。美咲の呼びかけに振り返り、何かを口に咥《くわ》えて出てくる。

「お前、何持ってるんだ？　あっ、俺の消しゴム。こんなところに……って、今度はどこ行くんだよ⁉」

モコが持ってきたのは、なくしたとばかり思っていた消しゴムだった。もう興味を失ったのか、今度は机の下に入り込む。部屋中走り回るモコを捕《つか》まえようと追いかけるけれど、素早《すばや》くて捕まらない。

「そんなとこに食べるものなんて入ってないって！　うわ、それはダメだって！　明日《あした》提出するレポートなんだよっ」

何とかカバンを奪《うば》い取り、届かないところに置く。ほっとしたのも束《つか》の間、今度は背後でかりかりと何かを引っ掻く音がした。嫌《いや》な予感がして振り返ると、モコは閉まりきってなかったドアを自力で開け、部屋の外に出てしまった。

「待て！　そっちはダメだってば‼」

追いかければさらに逃《に》げる。モコは美咲の部屋を出ると、廊下《ろうか》を走っていき、勢いよく階段を下りていく。

転がりそうな勢いでリビングに下りていったモコは、あとで縛《しば》っておこうと思っていた新聞の山に激突《げきとつ》した。その弾《はず》みで雪崩《なだれ》を打って崩れる新聞から逃れるように飛び退《の》き、ソファセットのほうへと逃げていく。

「あぁもう！」

追いかけても捕まえられないだろうと判断し、モコが散らかしていった場所を片づけていくことにした。

「今朝、まとめ直したばっかりだったのに……」

ぶつぶつと文句を云いながら崩れた新聞やチラシをかき集めていたら、それらの間から大きな封筒《ふうとう》が出てきた。

「何だろう、これ」

ダイレクトメールの類《たぐい》なら、美咲が処理しているはずだ。しかし、この薄桃色《うすももいろ》の封筒は初めて見る。仕事の書類が紛《まぎ》れてしまったのかもしれないと思い、中身を確認しようとした美咲は、思わず固まってしまった。

「お見合い写真……？」

思わず漏れた自らの呟きに、ドクンと大きく心臓が跳《は》ねた。

兄は恋愛結婚《れんあいけっこん》だし、見合いというものに縁《えん》はなかったから、身上書も見合い写真も見たことがなかったけれど、以前、何かドラマで見たものと同じだった。

はたと我に返った美咲は、見合い写真らしきものを慌てて封筒の中に戻《もど》し、新聞の間にまた入れ直す。何となく見つけてはいけないものだったような気がして。

きっと、これは秋彦に来たものだ。秋彦はいわゆる適齢期《てきれいき》という年齢《ねんれい》でもあるし、前途《ぜんと》有望な売れっ子作家でもある。容姿端麗《たんれい》な上、人格者で料理の腕だって玄人裸足《くろうとはだし》だ。

そんな完璧《かんぺき》な人に、周囲からの結婚の勧《すす》めがないほうがおかしい。いままでだって、見合い話の一つや二つは来ているに決まっている。

（でも、何でこんなところに……）

古新聞の間に紛れていたということは、見合いをする気はなかったのだろう。それは考えるまでもなく、当然のことだ。

何故《なぜ》なら美咲と秋彦は恋人同士《こいびとどうし》で、婚約《こんやく》も交《か》わした間柄《あいだがら》なのだから。

秋彦とつき合い始めたのは、大学受験を控《ひか》えた高校三年生の秋だ。

成績が思うように上がらずに困っていた美咲の家庭教師を引き受けてくれたのが、兄の親友である秋彦だったのだ。

秋彦が根気よく教えてくれたお陰《かげ》で、春には無事に大学に合格できた。

美咲は幼い頃《ころ》から兄の友人である秋彦にずっと憧《あこが》れていた。その気持ちはやがて恋心に変わり、紆余曲折《うよきょくせつ》を経《へ》て『恋人同士』になれたのだ。

「……お見合い、か」

秋彦の気持ちは微塵《みじん》も疑っていない。けれど、美咲は改めて自分たちの関係を振《ふ》り返らざるを得なかった。

秋彦は夏に行ったイギリスの教会で、美咲のプロポーズを受けてくれた。けれど、自分は男で秋彦も男だ。あまり、世間に大きな声で云えるような間柄ではない。

もしかしたら理解してくれる人もいるかもしれないが、秋彦の周囲の人間が全員諸手《もろて》を挙げ

て歓迎《かんげい》してくれることはないだろう。

(俺だって、秋彦さんとのことはまだ話せてないしな……)

未《いま》だに両親や兄に、秋彦と交わした約束のことを告げられていない。プロポーズを受けてもらえたことに浮《う》かれた気持ちでいたけれど、もっと現実を見つめるべきだろう。

考え込んでいると、モコが自分からとことこと寄ってきた。美咲の落ち込んだ様子に気づいたのか、慰《なぐさ》めるかのように手の甲《こう》をぺろりと舐《な》めた。

「くぅん…」

「……モコ。よかった、少し大人しくしててくれる？　これ片づけないと、秋彦さんに見つかっちゃうよ。ほら、おいで」

ほっとして膝《ひざ》に抱き上げると、モコは急にそわそわし出した。何かを訴《うった》えたい様子だが、美咲にはモコの云《い》いたいことがよくわからない。

「どうかした？　やっぱり、お腹空いてるのかな。すぐ用意するから、俺の部屋で待っててよ」

頭を撫《な》でてやりながら云い聞かせるように語りかけていたら、太腿《ふともも》のあたりが妙《みょう》に生温かくなった。

「ん？　何かあったかい……って、漏《も》らしちゃったのか！」

モコは美咲の膝の上で、おしっこをしてしまったようだ。この部屋にはまだトイレを作っていないし、そもそも躾《しつ》けをしていない子犬にはまだトイレの概念《がいねん》がない。

そわそわしていたのは、尿意《にょうい》を訴えていたのだろう。

「どどどどうしよう」

モコが散らかした部屋を片づけなければならないし、濡《ぬ》れた服も着替《きが》えたい。モコも洗ってやらなければ臭《くさ》くなってしまう。でも、その前に犬用トイレを設置すべきだろうか。

何から手をつければいいかわからず、美咲は完全にパニックに陥《おちい》った。

「どうしたんだ、美咲？　部屋中、すごいことになってるようだが……」

「秋彦さん!?」

混乱していたせいで、秋彦の帰宅に気づけなかった。今日は帰りが遅《おそ》くなると云っていたから油断していた。

秋彦にはモコのことを話すつもりだったけれど、こんなに散らかった状態で見つかるのは気まずすぎる。

「わん！」

「子犬？　どうしたんだ、この子は」

「あっ、いや、これはその……っ」

狼狽《うろた》えまくる美咲に、秋彦は声を上げて笑う。

「別に怒《おこ》らないよ。何があったのか、説明してくれないか？」

優《やさ》しい問いかけに、美咲は少し落ち着きを取り戻した。モコを抱《だ》いたまま、今日の出来事を反芻《はんすう》する。

「ええと、大学の帰りに見つけたんだ。公園の入り口に段ボール箱が置かれてて、そこに入れられてて……」

「捨て犬か？」

「うん、一緒《いっしょ》に子供みたいな字で書かれた手紙と餌《えさ》が入ってて、子供用のジャンパーにくるまれてたから、そうだと思う」

「事情があって飼えなくなったってところか。犬種はミックスのようだし、元は野良《のら》なのかもな。生き物を飼うのは同情だけじゃ続かないからな」

秋彦の厳しい言葉を嚙《か》みしめながら、美咲は両手を合わせて拝むように頼《たの》み込んだ。

「あの…秋彦さん！　里親を見つけるまでの間だけでいいから、ウチに置いてくれないかな？　秋彦さんの迷惑《めいわく》にはならないようにするから！」

ドキドキしながら、秋彦の返事を待つ。数秒にも満たないだろう時間が、やけに長く感じられる。しばらくの沈黙《ちんもく》のあと、秋彦は重々しく口を開いた。

「——わかった。美咲が責任を持って面倒《めんどう》を見られるなら許してやる」

「本当に⁉」

美咲がぱっと顔を上げると、秋彦は厳しく引き結んでいた唇《くちびる》を緩《ゆる》め、優しく微笑《ほほえ》んだ。

「ああ、俺も犬は好きだから、放ってはおけないよ。よかったな。お前は美咲に見つけてもらって」

モコは秋彦に首の下を撫でられ、気持ちよさそうにしている。捨て犬だったのに警戒心《けいかいしん》が強くないのは、これまで面倒を見てくれていた子が可愛《かわい》がっていたからかもしれない。

段ボール箱に入れて捨てたのは褒《ほ》められたことではないけれど、愛情がかけられていたことはモコの穏《おだ》やかな顔つきから感じられる。

「明日《あした》から大学で飼ってくれる人いないか探してみるね」

「ああ、俺も周りに声をかけてみるよ。仕事がなければ飼ってやりたいところだが、どうしても忙《いそが》しい時期があるからな……」

「ごめんね、秋彦さんに迷惑かけて」

秋彦の手を煩《わずら》わせないようにしようと思っていたのに、結局こうして面倒をかけてしまう。

「迷惑なんて思ってないよ。むしろ、もっと頼《たよ》ってくれてもいいんだがな」

「これ以上頼ったら、俺、することなくなっちゃうよ」

「大袈裟《おおげさ》だな。張り切るのはいいが、その前に掃除《そうじ》とシャワーだな。ここは俺が片づけておくから、こいつと一緒にシャワーを浴びてこい」

「あっ、そうか！　で、でも、どうやってこいつを洗えばいいのか俺わかんないんだけど……」

さっき、モコが漏らしたせいで美咲のズボンはびしょ濡れだ。

「あとで俺も行くから大丈夫《だいじょうぶ》だよ。まず先に自分のほうを洗っておけ。この子は横で遊ばせておけばいい」

バスルームに追い立てられた美咲は、まず濡れた服を脱《ぬ》いで洗濯機《せんたくき》に突《つ》っ込んだ。一緒にバスルームに連れてきたモコは興味津々《きょうみしんしん》であちこち嗅《か》ぎ回っている。

「こっち来ると濡れるぞ。わっ、こらダメだって！」

自分の体は何とか洗えたけれど、子犬はどこまで濡らしていいかわからない。

モコ自身はシャワーのお湯に跳《と》びかかったりして遊んでいたから、水は怖《こわ》くはないようだ。そのうちにスポンジに興味を示し、おっかなびっくりちょっかいを出し始めた。

バスルームを走り回るモコを冷や冷やとしながら見守りつつ、体を手早く洗っていると、秋彦が外から声をかけてきた。

「入るぞ」

「ちょ、ちょっと待って！」

美咲が急いで腰《こし》にタオルを巻いていると、秋彦は手足を捲《まく》って入ってきた。裸《はだか》を見られるのは初めてではないのに、いつもと違《ちが》うシチュエーションだと何だか恥《は》ずかしい。

秋彦はズボンが濡れるのをかまうことなく膝をつき、足下《あしもと》にじゃれついてくるモコを素早《すばや》く捕《つか》まえた。

「美咲、そこの洗面器にお湯を入れてくれるか？　少し温《ぬる》めで頼む」

「わかった。温くって、このくらいでいいかな？」

「ああ、ちょうどいい」

洗面器のお湯を手でかけて、モコを濡らしていく。初めは少しびっくりしていたものの、酷《ひど》く嫌《いや》がることはなく、意外と気持ちよさそうにしている。手際《てぎわ》のいい秋彦を手伝う必要はほとんどなかったため、浴槽《よくそう》の縁《ふち》に腰《こし》掛けて、モコが洗われていく様子を眺《なが》めることにした。

「お前、水が怖くないのか。ずいぶんと大物だな」

「さっき、シャワーにも飛びかかってきてたよ。犬って水好きなんだっけ？」

「いや、個体にもよるな。実家で飼っていたドーベルマンはよくプールで泳いでいたが、親戚《しんせき》が連れてくるチワワはシャンプーも嫌がると云っていた」

秋彦は無《む》添加《てんか》のシャンプーを薄《うす》めて、モコの体を洗う。最初は汚《よご》れのせいでなかなか泡立《あわだ》たない様子だったけれど、二度目には泡でさらにもこもこになった。モコは秋彦にマッサージされ、うっとりとした顔をしている。

「この子、何ヶ月くらい？」

「ミックスだから判断が難しいが、半年は経《た》ってないんじゃないかな。本当はまだ母親と一緒にいたい時期だろうに」

「そっか、まだこんなにちっちゃいんだもんね……」

人懐《ひとなつ》こいのは温《ぬく》もりが恋《こい》しいせいかもしれない。モコの境遇《きょうぐう》に胸が痛む。

「そういえば、名前はつけたのか？」

「うん。もこもこしてるから、『モコ』にした。ずっと飼えるわけじゃないから、仮の名前だけど……」

「可愛い名前じゃないか。なあ、モコ？」

早速《さっそく》、秋彦にも懐いた様子で、モコはシャワーで泡を流される間も大人しくしている。本能で優しくしてくれる相手がわかるのだろうか。

モコに優しい表情で語りかけている秋彦につい見蕩《みと》れてしまう。浴槽の縁に座ったまま、ぼーっとしてると秋彦がこっちを見た。

「お前も洗って欲しいのか？」

「ち、違うよ！　俺はもう洗ったってば！」

見蕩れていたことに気づかれたのが恥ずかしくて、慌《あわ》てて視線を逸《そ》らした。

「まだ髪《かみ》は洗ってないみたいじゃないか。遠慮《えんりょ》しなくていいのに」

「本当にいいって！　自分でできるっ」

柔《やわ》らかな眼差《まなざ》しが急に恥ずかしくなり、隠《かく》れるように湯船に飛び込むと、秋彦はさらに笑った。

「いまさら、照れることないだろう。ほら、おいで」

バスチェアに座るよう促《うなが》され、渋々《しぶしぶ》とそこに腰掛けた。足腰《あしこし》が立たなくなったときに連れてきてもらうことはあっても、こんな素面《しらふ》の状態で、秋彦に洗われるのは久々な気がする。

シャンプーの終わったモコは、またさっきと同じようにスポンジと格闘《かくとう》し始めた。

「目を瞑《つぶ》って。泡が入ったら大変だろう？」

心なしか、秋彦の声が弾《はず》んでいる。上機嫌《じょうきげん》で美咲の頭をシャワーで濡《ぬ》らし、シャンプーを泡立て始めた。くすぐったがりの美咲は、美容院などで髪を洗われるのは苦手だ。

相手が秋彦だから嫌な感じはしないけれど、逆にぞくぞくとしてしまうから困る。優しく頭皮を洗う指の感触《かんしょく》に、いけない感覚が込み上げてきそうになった。

「痒《かゆ》いところはないか？」

「うん、大丈夫」

「お前はこのへんが弱いんだったか？」

「ひゃ…っ!?　もう、イタズラしないでよ！」

「髪を洗ってるだけだろう？」

「だけって……んっ、や、秋彦さんってば…！」

敏感《びんかん》な場所を掠《かす》るように指が動くたびに、ヘンな声が出てしまいそうになる。必死に堪《こら》えている美咲に対し、秋彦は妙《みょう》に楽しそうだった。意識してしまうせいで、余計に敏感になっている気がする。

（すぐ俺のことからかうんだから……）

文句を云《い》っても、受け流されるだけだろう。美咲は意地になり、『くすぐったい』感覚を我《が》慢《まん》し続けた。

「よし、乾《かわ》いたな」

モコは最初のうちこそ、初めてのドライヤーに驚《おどろ》いていた様子だったが、そのうちに気持ちよさそうに目を瞑ってされるがままになっていた。

シャンプーをして、ドライヤーで乾かしてやったモコは、すっかりふかふかになった。ずいぶん汚れていたようで、毛の色もさっきとは違って見える。大人しくしていたら、まるでぬいぐるみのようだ。

「洗う前より、もっともこもこになったね」

「そうだな、かなり汚れてたみたいだな。色も明るくなっただろ」

「うん、さっきより可愛くなった！」

「美咲もふわふわだな。いい匂《にお》いがする」

「……っ!?」

急に抱《だ》き寄せられ、乾かした髪に顔を埋《うず》められる。肩《かた》を抱《だ》く手の感触と髪に触《ふ》れる唇《くちびる》の柔らかさに、鼓動《こどう》が高鳴るのを抑《おさ》えきれなかった。

美咲は咄嗟《とっさ》に体を引き、赤くなった顔を見られないように俯《うつむ》いた。

「あ、明日《あした》、写真撮《と》ってポスター作るね！　事務に頼《たの》めば、大学の掲示板《けいじばん》に貼《は》らせてもらえると思うんだ」

気恥《きは》ずかしさをごまかそうとしているせいで、つい早口になってしまう。そんな美咲の頭を秋彦は優《やさ》しく撫《な》でてくれた。

「こんなにいい子なんだ。絶対にいい飼い主が見つかるよ」

「うん」

話し合いの結果、美咲が大学に行っている間は、秋彦が面倒《めんどう》を見てくれることになった。次は余裕《よゆう》のある進行をしているというので、申し訳ないけれど甘えることにした。

「じゃあ、俺たちはもう寝《ね》るね。秋彦さんはまだ仕事……？」

「ああ、もう少しやってから寝るよ。おやすみ、美咲。モコもおやすみ」

秋彦は美咲とモコの頭を撫でてから、書斎《しょさい》に入っていった。

「モコも行こっか」

美咲はモコを抱き上げたまま、二階の自分の部屋に上がっていく。さっき、モコが入っていた段ボールで簡易ベッドを作っておいた。

インターネットで調べたら、犬と一緒《いっしょ》に寝るのはいいことではないと書いてあったので、念のためこのベッドで眠《ねむ》らせることにしたのだ。

使わなくなったタオルなどを使い、トイレも作っておいた。すぐには場所を覚えないだろうが、そわそわし出したらそこへ連れて行くようにして、根気よく躾《しつ》けていくしかない。

美咲の腕の中でうとうととしかけているモコをベッドに寝かせる。ぱちりと目を覚ましたけれど、体を撫でてやると目蓋《まぶた》がまた閉じていった。

「モコ、おやすみ」

そう云って枕元《まくらもと》の灯《あか》りを消した途端《とたん》、モコがきゅんきゅんと鳴き出した。

夜鳴きは無視しなければならないと、『子犬の育て方』に書いてあったのを思い出したけれど、放ってはおけなかった。

「どうしたんだよ、さっきまで寝てただろ」

手を伸《の》ばして撫でてやると、モコは美咲の手に縋《すが》ってきた。暗くなったことで、不安になってしまったのかもしれない。灯りをつけると、差し伸べた腕をよじ登ろうとしてくる。

「ちょっ、こら、登ってくるなって」

「くぅん……」

「うっ…そんな目するなよ……。犬とは一緒に寝ちゃいけないって書いてあったんだから」

甘やかしてやりたい気持ちをぐっと抑えて、厳しい顔をする。だが、モコは悲しそうな鳴き声を上げて縋ってくる。

灯りをつけたままなら眠ってくれるかもしれないと思ったけれど、一度目を覚ましてしまったせいか、すっかり落ち着きがなくなってしまった。

やむなく起き上がり、膝《ひざ》に抱き上げて撫でてやる。そうすると大人しくなるのだが、眠ったかと思って下ろすと、目を覚ましてしまうのだ。その繰《く》り返しで、いつまで経《た》っても一人では眠ってくれそうになかった。

「どうしたらいいんだろう……」

このままでは、眠ることもできない。膝の上で丸まっているモコを見下ろし、ため息をついた。困り果てた美咲は、悩《なや》んだ末に仕方なくモコを抱いて秋彦の書斎を訪《おとず》れた。ドアをノックして、おずおずと顔を覗《のぞ》かせる。

「秋彦さん……」

「どうした、美咲」

まだPCに向かって仕事をしていた秋彦が振《ふ》り返る。

「全然鳴きやまないんだ。暗くなると眠れないみたいで……」

「ライトをつけたままでも眠りそうにないか？」

「うん、すっかり目が覚めちゃったのかも。抱っこすると安心するみたいなんだけど、ベッドに置くとすぐ起きちゃうんだ」

「温もりが恋《こい》しいのかもな。仕方ないな、おいで」

秋彦はモコを包んでいたタオルごと受け取り、自分の膝に乗せた。モコはすっかり安心したらしく、秋彦の膝の上で丸まった。

「まだこんなに小さいんだ。一人じゃ不安なんだろう。モコは俺が預かるよ」

「で、でも、仕事の邪魔《じゃま》にならない？」

「大人しくしてるし、大丈夫《だいじょうぶ》だよ。今夜は俺が面倒を見るから、美咲はもう寝なさい」

「え、いいの？」

「どうせ、朝方まで仕事してるんだ。膝の上に乗せておくくらい、大したことじゃない」

膝の上の子犬を見つめる秋彦の眼差《まなざ》しは優しい。

「美咲は明日一限からだろう？　先に寝ておいたほうがいい。学業を疎《おろそ》かにするわけにはいかないだろう？　起きたら、俺の部屋に迎《むか》えにきてくれればいいから」

「う、うん、じゃあ、お願いします」

モコを預けて、書斎をあとにする。秋彦の申し出はありがたかったけれど、何故《なぜ》かほんのちょっとだけもやもやとした気分になっていた。

「……？」

申し訳なさからくる罪悪感なのかもしれない。自分でできることはしたかったけれど、犬を育てることが初めてな美咲では、頼《たよ》りない部分もある。

秋彦の気持ちを無駄《むだ》にしないよう、無理矢理《むりやり》気持ちを切り替《か》えて、自分の部屋のベッドに潜《もぐ》り込んだ。

◆

「ただいまー」

大学の講義を終えたあと、キャンパスの掲示板に里親募集《ぼしゅう》のポスターを貼り、子犬用の首輪や リード、餌《えさ》やトイレシートなど必要なものを買って急いで帰ってきた。

「買い忘れはないよな？　あれ、いないのかな……」

いつもなら、すぐにおかえりという返事がくるはずなのに。不思議に思いながら、リビングに顔を出すと秋彦とモコが一緒に昼寝《ひるね》をしていた。

「あー……」

モコは秋彦のお腹《なか》の上ですよすよと寝息《ねいき》を立てている。微笑《ほほえ》ましい図だが、少し子犬が羨《うらや》ましい。その様子に笑《え》みが零《こぼ》れるが、それと同時に微《かす》かに胸がむかむかした。

風邪《かぜ》の予兆に似ているが、ちょっと違《ちが》う気がする。その違和感《いわかん》に美咲が首を傾《かし》げていると、ふっと秋彦が目を覚ました。

「……帰ってたのか、美咲。おかえり」

「ただいま、秋彦さん」

体を起こした秋彦と一緒にモコもぱちっと目を覚ました。かと思うと、ソファの背を踏《ふ》み台にして、美咲に飛びかかってくる。

「わんっ」

「うわあっ、危ないだろ、モコ！」

危《あや》うく取り落としそうになるのを何とか抱《だ》きとめると、さらに美咲の体をよじ登り、顔中を舐《な》めてくる。

「くすぐったいよ、モコ！　秋彦さんっ、笑ってないで助けてよ…っ」

全力で喜びを表現してくる。帰ってきただけで、こんな歓迎《かんげい》を受けるとは思わなかった。好意を拒《こば》むわけにもいかず、美咲はモコの歓待《かんたい》に困り果てた。

「好きにさせてやれ。さっきまで、玄関《げんかん》でずっとお前の帰りを待ってたんだ」

「玄関で…？　バカだな、モコ。玄関じゃ寒かっただろ」

自分を待つ健気《けなげ》な姿を想像して、胸が熱くなる。ぎゅっと抱きしめると、今度は首に頭を擦《こす》りつけてきた。甘えてくる仕草に、ささくれだっていた心がふわりと柔《やわ》らかくなる。

（……もしかして、俺、モコにヤキモチ焼いてたのかも）

いつもは自分が一番に甘やかされているのに、その場所をモコに取られて妬《や》いていたようだ。子犬にヤキモチを焼くなんてと自分に呆《あき》れながら、じゃれてくるモコの無邪気《むじゃき》な様子に拗《す》ねていた気持ちが緩《ゆる》んでいく。

（こんなに可愛《かわい》いんじゃ、秋彦さんだって甘くなるよな）

後ろめたさを噛《か》みしめ、黒いまんまるな瞳《ひとみ》を見つめ返す。

「午前中に動物病院に行って、予防接種を受けさせてきた。先生の見立てでは生後四ヶ月くらいだろうとのことだ。健康診断《しんだん》もしてもらってきたが、体重もあるし、どこも悪いところはないそうだ」

「ホントに？　よかったな、モコ！　あっ、そうだ、モコ。首輪買ってきたんだ。つけてみようよ」

ペットショップで悩みに悩んだ末に選んだのは、赤いチェックの首輪だった。女の子だからという理由もあるが、茶色い毛並みに映《は》えると思ったのだ。もちろん、リードもお揃《そろ》いの柄《がら》にしてある。

モコを秋彦に抱きかかえてもらい、長さを調節してカチリと首にはめる。首回りに違和感を覚えるのか、最初は後ろ足で引っ掻《か》いていたけれど、少し緩めにしてやると気にならなくなったようだ。

「よく似合うじゃないか」

「うん、すごく可愛い」

二人ともすっかり親バカだ。口々に褒《ほ》めると、満更《まんざら》でもない顔をする。本人も何を云《い》われているのか、わかっているのかもしれない。

「さて、お茶にしようか。担当が持ってきたケーキがあるんだ。食べるだろ？」

「うん！」

「じゃあ、顔と手を洗っておいで。モコもおやつ食べるだろう？」

秋彦の言葉に、モコはぶんぶんと尻尾《しっぽ》を振り回す。美咲も早くテーブルにつこうと、急いで洗面所へ向かった。

（風邪っぽかったのは気のせいかも）

念のためにうがいもしておいたけれど、さっきまでの違和感はすっかり消え去っていた。きっと空腹のせいの不快感だったのだろう。

「美咲、紅茶でいいか？」

「うん！　俺も手伝うよ」

濡《ぬ》れた手を拭《ふ》き、秋彦のいるキッチンへと急いだ。


「おやすみ」

やっと眠《ねむ》りについたモコにそうっと声をかけ、音を立てずに部屋を出る。

目を覚ましたときにわかるよう、ほんの少しだけドアを開けておいた。真っ暗だと不安になるようなので、ベッドの脇《わき》のライトだけはつけておいてある。

昨日はなかなか寝《ね》つかなかったけれど、今日は美咲が買ってきたおもちゃで散々遊び倒《たお》したので、疲《つか》れ果てたようだ。

ついさっきまで元気よく走り回っていたのに、電池が切れたかのように寝息を立てて眠ってしまった。

リビングに下りていくと、珍《めずら》しく秋彦がソファで寛《くつろ》いでいた。

「モコ、やっと眠ったよ。秋彦さんは休憩《きゅうけい》中？」

「一区切りついたから、今日の仕事はお終《しま》いだ」

「本当に？　じゃあ、今夜はゆっくりできるんだ？」

予想外な秋彦の言葉に、美咲は声を弾《はず》ませる。どんなときでも朝食と夕食は一緒《いっしょ》に取るようにしているけれど、夜は書斎《しょさい》に籠《こ》もることが多い。

のんびりとテレビを見ながら二人でお茶をするなんて、最近滅多《めった》にないことだった。

「ああ、ゆっくり美咲を独《ひと》り占《じ》めできる」

「な、何云ってるんだよ」

「今日はずっとモコに美咲を取られてたからな」

「秋彦さんだって仕事してただろ」

「それとこれとは別問題だ。そろそろ美咲を補給させてくれ」

赤くなる美咲に秋彦が迫《せま》ってくる。美咲のほうも本音を云えば、秋彦とゆっくり過ごしたい気持ちもあったけれど、その端整《たんせい》な顔を近づけられると、どうしても狼狽《うろた》えてしまう。

「ちょ、秋彦さん⁉」

「黙《だま》って」

真顔で囁《ささや》くように云われれば、従わざるを得ない。秋彦は念を押すかのように、静かになった唇《くちびる》を自分のそれで塞《ふさ》いだ。

「ん……っ」

初めは触《ふ》れているだけだったキスは、どんどん交わりが深くなってくる。

やがて、微かに開いていた隙間《すきま》から、熱い舌先が潜《もぐ》り込んできた。絡《から》まる舌の感触《かんしょく》に腰《こし》が砕《くだ》けそうになる。躊躇《ためら》いがちに受け入れた美咲の口腔《こうこう》を、秋彦は大胆《だいたん》に犯《おか》していった。

「んん、ぁ、ん……」

濃厚《のうこう》になっていく口づけに、頭の中がぐちゃぐちゃになる。上昇《じょうしょう》していく体温に脳がアイスクリームのように溶《と》けていっているような感覚に陥《おちい》った。

唾液《だえき》が絡む音が静かなリビングに響《ひび》く。

秋彦のキス一つで、頭の天辺《てっぺん》から爪先《つまさき》までの支配権を奪《うば》われてしまう。なのに、地に足がついていないかのようなふわふわとした感覚もあるから不思議だ。

息苦しさに喘《あえ》ぐと、少しだけ唇が離《はな》れていった。空気を求めて肩《かた》を上下させている間も、秋彦は美咲の唇を啄《ついば》んでくる。

「……っは、ま、待って、秋彦さん」

これでは落ち着いて呼吸すら整えられない。精一杯《せいいっぱい》の力で秋彦の体を押し返しながら懇願《こんがん》すると、逆に訊《き》き返された。

「待つってどれくらい？」

「ええと、さ、三分くらい？」

心の準備と呼吸を落ち着けるのにかかるだろう時間を告げると、あっさりと一蹴《いっしゅう》された。

「長い」

「わ…っ」

ソファに押し倒され、逃《に》げ場がなくなってしまう。

「待てるのは三秒が限界だな」

「ちょっ…三秒じゃ待つって云わないよ！」

それどころか、もうとっくに過ぎている。反論する美咲にかまうことなく、秋彦は首筋に顔を埋《うず》めてきた。

「……っ」

髪《かみ》が頬《ほお》にあたるくすぐったさと、触れる吐《と》息《いき》の温かさに背筋が震《ふる》える。

「美咲の匂《にお》いがする」

「そ、そんなの当たり前……っあ！」

捲《まく》り上げられたパジャマの裾《すそ》から潜り込んできた大きな手が、腰回《こしまわ》りを撫《な》でてきた。その動きを意識で追いながら、込み上げてくる感覚を嚙み殺す。

撫でられているうちに、少しひんやりとしていた手の平に自分の体温が移っていく。それと共に、体の緊張《きんちょう》も解けてきた。

「髪がまだ濡れてるな。ちゃんと乾《かわ》かさないと風邪《かぜ》引くぞ」

「んっ……秋彦さんは、入ってこないの……？」

「臭《にお》うか？」

「そんなことないけど、お風呂《ふろ》入ったほうが疲れが取れるんじゃないかなって……」

「美咲に触《さわ》ってるほうが癒《いや》される」

「やっ……」

鎖骨《さこつ》に歯を立てられ、小さな声が上がった。痛みを覚えたその場所を熱い舌先で舐《な》められ、ぞくぞくとしたおののきが走り抜《ぬ》ける。

秋彦は仰《の》け反った美咲の喉元《のどもと》を唇で探《さぐ》りながら、胸の先を指で捕《と》らえた。抓《つね》るようにして捏《こ》ねられ、体が小さく跳《は》ねた。

「あ……っ」

秋彦の指先は、微《かす》かな痛みすら快感に変えてしまう。パジャマを捲り上げられ、執拗《しつよう》に弄《いじ》られて硬《かた》く尖《とが》った乳首《ちくび》が露《あら》わになった。片方だけが充血《じゅうけつ》して赤くなっている。

秋彦は、触れていなかったもう一方に唇を寄せてきた。舌先で舐められたあと、軽く吸い上げられて甘ったるい声が上がった。

「や、ぁん……っ」

「大きな声を出すと、起きてくるぞ」

「……ッ!?」

不意の指摘《してき》に正気づかされる。なのに、秋彦は一層美咲を煽《あお》ってくる。尖ったそこを甘噛《あまが》みされ、びくりと反応した。熱い舌の感触だけでも蕩《とろ》けてしまいそうなのに、秋彦はそこをキツく吸い上げてくる。

「ん、んん…っ」

必死に声が出ないよう、歯を食い縛《しば》る。漏《も》れそうになる声だけでなく、熱を持ち始めた自身が気になってくる。秋彦にだってわかっているはずなのに、全然触ろうとしてくれない。

「あ…あの……秋彦、さん……?」

「ん?」

呼びかけに顔を上げた秋彦は、意地の悪い笑《え》みを浮《う》かべていた。美咲が自分から泣きつくのを待っていたのだろう。

(最近の秋彦さん、ちょっと意地悪だ)

以前からたまにだけれど、こういうふうに美咲の反応を試《ため》そうとしてくるときがある。恨《うら》み

がましく睨《にら》みつけても、余裕《よゆう》の笑みを浮かべるばかりだ。自分の考えていることなんて、お見通しのくせに、わざと言葉にさせようとしているのだ。

「……何でもないっ」

秋彦の表情が悔《くや》しくて、つい意地になってしまう。今日は絶対に自分から折れないと、決意を堅《かた》くする。

「そんな顔をすると、もっと苛《いじ》めたくなるな」

「な……っ⁉」

「冗談《じょうだん》だよ」

秋彦は思わず目を瞠《みは》った美咲の目元に軽く口づけると、パジャマの上からすでに熱くなっている昂《たか》ぶりに触れてきた。

「んっ」

やんわりと形をなぞられ、下着の中でさらに張り詰《つ》める。けれど、それ以上の刺激《しげき》は与《あた》えてもらえない。

もっとちゃんと触って欲しいのに、秋彦にはさっきから焦《じ》らされてばかりだ。とうとう我慢《がまん》できなくなった美咲は、消え入りそうなか細い声で秋彦にねだった。

「………って」

「よく聞こえない。もう一回云《い》って」

聞こえていなくたって、美咲が何を云いたいかなんてわかっているはずだ。それなのに、秋彦は恥《は》ずかしいことを云わせようとする。

文句を云いたい気持ちもあったけれど、美咲には意地を張れる余裕はもうなかった。羞恥《しゅうち》を堪《た》えて懇願する。

「ちゃんと……触って……」

「よくできました」

「あ……っ」

ズボンと下着を押し下げられ、張り詰めた自身が露わにされた。ひやりとした外気に触れて一瞬《いっしゅん》ぎくりと強張《こわば》ったそれに、秋彦の器用な指先が絡みついてきた。

その指は手慣れた動きで美咲を高めてくる。焦らしてばかりいたさっきとは違《ちが》い、敏感《びんかん》な場所ばかりを責めてくるのだ。

「あ、や、ん……っ」

美咲は秋彦の腕《うで》に爪《つめ》を立てて、喘いでしまいそうになるのを我慢する。それでも鼻から抜ける甘ったるい声はどうしようもなかった。

（……頭、ぼうっとしてきた……）

僅《わず》かに残っていた理性も、快感にぼやけていく。それでも大きな声を出さないよう、必死に歯を食い縛っていたら、口づけに唇《くちびる》を塞《ふさ》がれた。

歯列をなぞる舌先の感触《かんしょく》に、噛《か》みしめが緩《ゆる》む。大胆《だいたん》に口腔《こうこう》を探る舌の動きに翻弄《ほんろう》され、まるで血液が沸騰《ふっとう》しているかのように全身が熱くなっていった。

「んん、ン、んー……っ」

与えられる刺激と濃厚《のうこう》な口づけに夢中になっていく。腕を摑《つか》んでいた手を秋彦の首に回し、もっと云うように頭を引き寄せる。

自身からは体液が溢《あふ》れ、指が動くたびにぬるぬるとした感触がする。濡《ぬ》れた先端《せんたん》を引っ搔《か》くようにされると、びくびくと腰《こし》が跳ね、喉《のど》の奥が鳴った。

「んぅ、んん……っ、はっ、あ……秋彦、さん……」

「気持ちいい？」

「ん、いい、あ、ん……っ」

問われるがままに答えると、美咲の昂ぶりを擦《こす》る指に力が込められた。容赦《ようしゃ》なく追い上げられ、絶頂を促《うなが》される。

「いいよ、イッて」

「や、だめ、いく、あ、あ、ぁあ…っ」

与えられ続ける刺激の中、低く掠《かす》れた声で囁《ささや》かれたのが引き金となった。

いくらなんでも早すぎると、ささやかなプライドで衝動《しょうどう》を堪えようとしたけれど、呆気《あっけ》なく果ててしまった。体を震《ふる》わせて吐《は》き出した白濁《はくだく》で、秋彦の手を汚《よご》してしまう。

頭の中が真っ白になったあと、徐々《じょじょ》に熱が引いていく。体の昂揚《こうよう》は冷めないまま、思考の冷静さはいくぶん戻《もど》ってきた。

濡れた手を拭《ふ》いている様子を見るのは、いつも何となく気恥《きは》ずかしい。

「ご、ごめん、俺ばっかり……」

一方的に乱され、先に一人で終わりを迎《むか》えてしまったことがいたたまれない。本当はちゃんと二人でしたいのに。

自分ばかりが翻弄されるのは、経験値の差だろうか。秋彦に追いつきたいと思ってはいるけれど、生まれてからの年数が違う以上、どうしようもないこともある。

「謝ることはない。可愛《かわい》かったよ」

「……っ」

秋彦の微笑《ほほえ》みに、カッと顔が熱くなる。こうした自分の反応を秋彦が楽しんでいるのはわかっている。それを不快には思わないけれど、悔しい気持ちは否《いな》めない。

「あの、次は、俺がする、から……」

仕返しというわけではないけれど、対等だということを主張したくてそう宣言する。すると、秋彦は目を細めて問い返してきた。

「ここで？　それとも、寝室《しんしつ》に行くか？」

「ベッドのほうが――」

答えかけた瞬間《しゅんかん》、微かな鳴き声が聞こえてきた。

「くぅん……」

「えっ、モコ？」

さっき、確かに寝《ね》かしつけたはずなのに。そう思って瞠目《どうもく》していると、秋彦が二階のほうを向いて目を凝《こ》らして云った。

「階段の上にいるみたいだな」

「えっ……うわ、本当だ！　ちょっと待った！　いま行くから待て！」

慌《あわ》てて起き上がって見てみると、薄暗《うすぐら》い二階の階段の縁《ふち》に所在なげに立っていた。

寝ぼけているのか、危なっかしい足取りで階段を下りてこようとしている。放っておいたら転がり落ちてしまいそうなモコの様子に、美咲は乱れた服を直して飛んでいく。

「危なかった……」

すんでのところで抱《かか》え上げると、美咲にしがみついてきた。目が覚めたときに一人だったせいで、心細くなってしまったのかもしれない。

「ごめんな、モコ」

体を撫《な》でてやると、淋《さび》しかったと云わんばかりに鼻先を擦りつけて甘えてくる。美咲の腕の中でようやく安心できた様子のモコに秋彦は苦笑いを浮《う》かべた。

「どうやら今日はお預けみたいだな」

「ご、ごめん、秋彦さん……」

「大丈夫《だいじょうぶ》だ、今夜は我慢しておくよ。モコと一緒《いっしょ》に眠《ねむ》ってやれ」

秋彦を優先したい気持ちもあったけれど、子犬のモコを放っておくわけにはいかない。申し訳なく思いながら、秋彦の言葉に甘えてモコと部屋に戻ることにした。

◆

「夕飯の支度《したく》すませたらお散歩に行くから、もうちょっと待ってて」

「わんっ」

さっきからそわそわとしているモコに声をかけると、『散歩』という単語がわかったのか嬉《うれ》しそうに飛び跳《は》ねた。

昼間、美咲の部屋に閉じ込めておくわけにもいかないため、いまは急遽《きゅうきょ》買ってきたサークルの中に入れてある。キッチンからも見える位置のため、美咲も家事などがしやすくなった。

相変わらず、夜は一人で眠れないのだが、起きているときはおもちゃを与《あた》えておけば一人で遊んでいるため、あまり手はかからない。

「もうすっかりウチの子だな」

ボールと格闘《かくとう》しているモコを見ながら、複雑な気持ちで独りごちる。

ポスターを見て声をかけてくれる人はいるのだが、モコの引き取り手はなかなか見つからなかった。飼いたいという人はいても、家族の同意を得られず話がまとまらないということが多いのだ。

(このまま本当にウチの子になれればいいんだけど……)

朝晩の面倒《めんどう》は見ることができても、美咲が大学に行っている間はどうしても秋彦に頼《たよ》らざるを得ない。いまは忙《いそが》しくない時期だと云《い》ってくれてはいるけれど、無理をさせているのではないかという後ろめたさもあった。

兄のところも共働きだし、母親はアレルギー持ちだから動物と共に生活をするのは難しい。

「どうしたらいいんだろ……」

ため息混じりに呟《つぶや》くと、秋彦の仕事用の電話が鳴り響《ひび》いた。今日は秋彦が打ち合わせで外出しており、美咲はモコと共に留守番をしているのだ。

秋彦が留守のときは出なくていいと云われているため取らずにいると、やがて留守電に切り替《か》わった。

『秋彦さん、今日もいらっしゃらないの？　携帯《けいたい》電話にも出ないし、あなたいつになったら忙しくなくなるのよ』

スピーカーから聞こえてきたのは、年配の女性の声だった。苛立《いらだ》った口調で、一息に捲《まく》し立ててくる。話の内容から察するに、秋彦とは近い間柄《あいだがら》の人のようだ。

（秋彦さんのお母さんっぽくはないから、親戚《しんせき》の人とかかな……？）

携帯電話が繋《つな》がらなかったため、仕事用の番号にかけてきたといったところだろう。秋彦が忙しくない日などほとんどないが、携帯電話に出ないことはあまりない。

つまり、敢《あ》えて電話に出ていないということだろう。あの完璧《かんぺき》な秋彦にも、苦手なタイプがいるようだ。

『たまにはお食事会に顔を出したらどう？　お祖父《じい》様だって、あなたの顔を見たがってるっていうのに……。そろそろ落ち着いて、家庭を持ってもいい年頃《としごろ》じゃない。この間のお話もお断りしたんですって？』

「！」

シンクで洗い物をしながらメッセージを聞き流していた美咲は、最後の言葉に手を止めた。

きっと、秋彦が断ったというのは、この間見つけた見合い写真に関することだろう。

回りくどい世間話は、これを云うための前置きだったに違《ちが》いない。

『お相手のお嬢《じょう》さんはあなたに会うのを楽しみにしてたのよ？　すぐに結婚《けっこん》しろと云ってるわけじゃないんだから、一度顔を合わせるくらいしてみたらどうかしら』

思っていたとおり、秋彦は席を設けられる前に断りを入れていたようだ。心配する必要はないと頭ではわかっていても、実際にこういった話を聞くのは衝撃《しょうげき》的だった。

『とにかく、帰ったら連絡《れんらく》下さいね』

録音時間を目一杯《めいっぱい》使い、ようやく電話が切れた。秋彦はこれを聞いたら、何て云うだろうか。

(気にするなって云うだけだろうな)

美咲に心配させないよう、笑ってそう云うに違いない。

正確に云えば、美咲は『心配』はしていない。ただ、少し後ろめたいだけだ。

見知らぬ人の言葉が呼び水となって、いままで押し殺してきた小さな棘《とげ》のような罪悪感が、胸の底で頭を擡《もた》げてくる。

秋彦を好きな気持ちは誰《だれ》にも負けない自信があるし、秋彦の気持ちを疑うつもりは微塵《みじん》もない。自分よりも秋彦に似合う人が現れたとしても、好きでいることを諦《あきら》めは絶対にしないだろう。

ただ、「お前は秋彦に相応《ふさわ》しくない」と云われかねない立場であることも自覚している。

イギリスで秋彦の幼なじみに対して偉《えら》そうなことを云ってしまったけれど、あれは自分にも云い聞かせていた部分がある。

胸を張って秋彦の隣《となり》を歩ける人間になれるよう、努力はしている。けれど、自分はまだ大学生だし、男であることは変えようのない事実だ。そこを責められたら、反論のしようがない。

「結婚、か……」

あのプロポーズは本気だった。秋彦と交《か》わした一生添《そ》い遂《と》げるという約束を破るつもりもない。けれど、そのせいで秋彦が周囲からのプレッシャーを受けることになるかと思うと、それが辛《つら》かった。

「くぅん、くぅん……」

流れる水を見つめたまま考え込んでいた美咲は、モコの鳴き声に我に返った。散歩を待たせていたことをすっかり忘れてしまっていた。

「あっ、ごめん！　もう待ちきれないか。いま支度するから」

夕飯の下ごしらえは後回しにするしかないようだ。美咲は急いでモコの散歩の支度を始めた。


美咲はスーパーでの買い物を終え、店の前で待たせていたモコのところへと急いだ。

「お待たせ、モコ」

「わんっ」

駆《か》け寄る美咲の姿に、モコは嬉しそうに尻尾《しっぽ》を振《ふ》る。心配は杞憂《きゆう》だったようで、モコは大人しく待っていた。

公園へ行く前に、切らしていた小麦粉を買いにきたのだ。普段《ふだん》は余計なものを買わないよう心がけているのだが、今日はついついペットコーナーに足を運んでしまった。

「お前のおやつも買ってきたからな。あとで食べような」

ポールに結びつけていたリードを解き、当初の目的地である公園へと向かう。寄り道してしまったぶんのロスを取り返すために、駅を通り抜《ぬ》けて近道をすることにした。

「モコ、もっとゆっくり歩いてよ」

リードを引っ張るようにして、モコは先へ先へと進んでいく。美咲との散歩は嬉しさのあまり、前のめりになってしまうようだ。

引っ張る力は強くはないけれど、うっかりリードから手を離《はな》してしまったりしたら、走り出してしまいかねない。何に興味を持つかわからないし、一秒たりとも気が抜けない。

できるだけ車通りの少ないルートを選ぶようにしているが、万が一ということもある。

モコと散歩をするまで、犬の散歩はもっとのんびりとしているものだと思っていた。成長すれば、もっと落ち着くものなのだろうか。

「信号が赤だからちょっと待って。モコ、おすわり。お・す・わ・り」

モコの横に屈《かが》んで、云い聞かせようとすると、抱《だ》っこをするのだと勘違《かんちが》いしたらしく、膝《ひざ》によじ登ってくる。

「違うってば！　躾《しつ》けって難しいなあ……」

駅に近づくにつれて、人通りが増えてきていた。人込みを歩かせるのは危ないと判断し、膝に登ってきたモコを買い物バッグの中に入れて肩《かた》にかけてみた。

嫌《いや》がるだろうかと思ったけれど、意外と気に入ったらしく、顔だけを覗《のぞ》かせてきょろきょろと周囲を興味深そうに見ている。

初めは視線を彷徨《さまよ》わせていたモコだったけれど、何かが気になったらしくある方向ばかり見るようになった。

「どうかした？　何か気になるものでも……」

モコの向いているほうを振り返った美咲は、カフェの窓際《まどぎわ》の席に見慣れた後ろ姿があることを発見して思わず目を瞠《みは》った。

「秋彦さん……？」

カフェの同じテーブルには他《ほか》に二人の姿があり、一人は秋彦より一回りほど年上に見える男性で、もう一人は女性だ。秋彦と同じくらいの年代で、ショートカットの似合うとても綺麗《きれい》な人だった。

「誰なんだろう？」

今日は編集者と打ち合わせだと云って出て行った。けれど、相手の女性のラフな格好は、仕事中とは思えない。

何故《なぜ》か急に見てはいけないものを見ているような気分になって、美咲は思わずモコと一緒《いっしょ》に隠《かく》れてしまった。

（もしかして……）

ふと、見合い写真のことを思い出した。勝手に見るわけにはいかないと思い、写真までは確《かく》認《にん》しなかったけれど、彼女がその相手なのかもしれない。

断りを入れた秋彦に、紹介者《しょうかいしゃ》が堅苦《かたくる》しくない場で顔合わせをさせようとした可能性は否定できない。遠目で見る限り、秋彦は相手の女性と和《なご》やかに話をしているようだ。

秋彦の将来を考えたら、自分は身を引くべきなのかもしれない。しかし、秋彦のことを諦めるなんてできそうにもなかった。

「…………」

「わんっ、わんわんっ」

「うわ、モコ、静かに!」

美咲は秋彦に向かって吠《ほ》え出したモコを抱《かか》えて、その場から急いで離れることにした。家に帰る気分にもなれなくて、とりあえずモコと一緒に公園へ行った。

昼間は子供の声で賑《にぎ》やかな場所も、夕暮れどきとなると静かだ。ぐいぐいと引っ張っていくモコにつき合って公園中を走り回らされた美咲は、先に音を上げた。

「モコ、疲《つか》れた……少し休ませて……」

よろよろとベンチに座り、まだ遊び足りない様子のモコを膝に乗せる。遊んでいる間は余計なことを考えずにすんでいたけれど、こうして一息つくとさっきの場面が脳裏《のうり》に蘇《よみがえ》ってくる。

「やっぱ、お見合い相手だったのかなあ?」

モコに訊《き》いてみるけれど、困ったように鳴くだけだった。家に帰って秋彦の話を聞くのが怖《こわ》い。踏《ふ》ん切りがつかないまま、日が暮れてくる。

別に見合い相手だったとしても、気にする必要はない。頭ではわかっていても、どうしてももやもやとした感情が生まれてしまう。

人の気持ちというものは、どうしてこうも面倒《めんどう》くさくできているのだろう。

「くぅーん……」

「あっ、もしかしてお腹空《なかす》いた？　そうだよな、本当ならご飯の時間だもんな」

モコには悪いと思うけれど、なかなか足が動かない。どうしても、秋彦と顔を合わせる勇気が持てなかった。

「あっ、さっき買ったおやつがあるじゃん。食べすぎはよくないから、ちょっとだけな」

子犬用のクッキーの封《ふう》を切る。その中から一枚取り出し、一口サイズに割って手の平の上に載《の》せる。

「はい、どうぞ」

飛びつくようにしてクッキーを食べたモコは、綺麗に美咲の手まで舐《な》めたあと、もっと欲しいとねだってきた。

「え、もっと？　う、うーん、もう一個だけならいいかなぁ……」

キラキラと輝《かがや》く瞳《ひとみ》を向けられると、ダメとは云《い》えなくなってしまう。

モコが美味《おい》しそうに食べている姿を見ていたら、美咲のお腹もぐうと鳴った。犬用と云ってもバニラのいい匂《にお》いがするし、こんがりとした焼き色も美味しそうに見える。

「……俺も食べちゃおっかな」

本気が混じった冗談《じょうだん》を口にした美咲は、背後からよく知った声でツッコミを入れられた。

「こら、モコのおやつを横取りする気か？」

「あ、秋彦さん⁉」

振り返ると、少し息を切らせた秋彦が立っていた。どうして自分がここにいるのがわかったのだろうかと動揺《どうよう》する。

「探したぞ」

そう云う秋彦の髪《かみ》は乱れ、服は汗《あせ》ばんでいた。きっと、あちこち走り回ってくれたのだろう。心配をかけてしまったことに気づき、ずきりと胸が痛む。

「散歩に行くなら、行き先を書いていきなさい。心配するだろう」

「ごめんなさい……」

秋彦に叱《しか》られ、しょぼんと肩を落とした。すると、モコは慰《なぐさ》めているつもりなのか、項垂《うなだ》れた美咲の口元を舐めてくる。

「も、モコ、くすぐったいよ」

気まずくなりそうな空気は、そんなモコの行動に和《やわ》らいだ。秋彦は小さく笑い、

「お前が帰ってこなかったのは、あの留守電のせいか？」

「！」

「やっぱりな。お前の考えることなんてお見通しだ。どうせ、自分のことで俺が何か云われたらどうしようだとか、そんなところだろう？」

「…………」

図星を指され、黙《だま》り込む。どうしたって、秋彦に隠しごとはできないようだ。

「この間、お見合い写真を見つけて……」

見合い写真を見つけたこと、留守電のことなどを話すと頭をくしゃりと撫《な》でられる。

「バカだな、不安に思うくらいなら訊けばいいのに」

「だって……」

「見合いの話はとっくに断ってる。写真は処分しようと思っていたんだが、新聞の間に紛《まぎ》れてしまったんだろうな。別に隠していたわけじゃないよ」

「じゃあ、さっき、カフェで一緒にいた人は？」

「カフェ？　ああ、さっきのを見てたのか。彼女は違《ちが》うよ」

美咲の言葉に秋彦は、声を立てて笑った。

「違うってどういうこと？　何か打ち合わせっぽくなかったし……」

「打ち合わせはその前に終わってたんだよ。通りかかったんなら、お前も同席すればよかったな。あの人は、モコを引き取りたいって云ってくれた人だ」

「えっ……」

「知り合いの編集者にモコの話をしたら、デザイナーをしてる友人に新しい犬を迎《むか》えたいと云っている女性がいると紹介《しょうかい》されたんだ。モコを預けるなら、一度先に顔を合わせて人柄《ひとがら》を知っておきたかったから会っておいたんだよ」

「何だ……すごく綺麗な人だったからてっきり……」

「てっきり、見合い相手だと思ったって？」

「……う、うん。何かすごく話が盛り上がってるみたいだったし……」

「あのときはモコの話をしてたんだよ」

「そ、そうだったんだ……」

自分の勘違《かんちが》いが恥《は》ずかしくて、だんだんと声が小さくなっていく。それと共に顔も熱くなってきた。だけど、秋彦はそんな美咲を笑うことなく、真摯《しんし》に向き合ってくれた。

「不安にさせて悪かったな。彼女に会うことを先に云っておけばよかった。美咲に云ったあとに断ることになったら、がっかりさせてしまうんじゃないかと思って、帰ってから話そうと考えたのが間違いだった」

「ううん、俺が悪かったんだ。ヘンに考え込んで、勘違いしちゃって……悩《なや》む前に、秋彦さんに訊けばよかった。……どんな人だったの？」

モコを引き取りたいと云ってくれている人だと聞き、今度は違う意味で気になってくる。

「物腰《ものごし》の柔《やわ》らかい、丁寧《ていねい》な人だったよ。かなりの犬好きのようだから、モコを預けても心配ないだろうな。美咲とは気が合うタイプだと思うよ。雰囲気《ふんいき》が浩孝《ひろたか》に少し似ていたから、話しやすいんじゃないか？」

「そうなんだ。それなら安心かも」

「もちろん、結論を出すのは美咲が話をしてみてから考えればいい」

「秋彦さんがそう云うなら大丈夫《だいじょうぶ》だと思う。俺から見ても、優《やさ》しそうな人だったし。よかったな、モコ。お前を家族にしてくれるって人がいたって」

そう声をかけた瞬間《しゅんかん》、ぐー、とお腹が鳴った。そういえば、モコのおやつをつまみ食いしたくなるくらい空腹だったことを忘れていた。

「早く帰ろう。モコだって、お腹減ってるだろう」

「うん、そうだね」

秋彦に促《うなが》されてベンチから立ち上がった美咲は、一つ問題があることを思い出した。

「夕飯の支度《したく》してないんだった……」

家事の途中《とちゅう》で散歩に出てきてしまっていたから、帰ってすぐに食事にはできない。炊飯《すいはん》器のスイッチすら入れていないのだ。いつもなら外で食べて帰るという選択肢《せんたくし》があるのだが、モコが一緒《いっしょ》だから飲食店には入れない。

「帰りに何か買って帰ればいい。何なら、今日は出前にするか？」

「いいの？」

「たまには手を抜《ぬ》くことも大事だぞ。一生懸命《いっしょうけんめい》なのはお前のいいところだけどな。何か食べたいものはあるか？」

「だったら、ピザ！　秋彦さん、ああいうの好きじゃない？」

「宅配のピザは食べたことがないから、好きかどうかわからないな」

「本当に？　じゃあ、頼《たの》もうよ。この間入ってたチラシがまだ残ってた気がするし。モコも帰ったらご飯だね」

「わうっ」

モコは『ご飯』という言葉に反応したのか、前足を上げて美咲に何かを訴《うった》えてくる。さっきのおやつだけでは全然足りていないのだろう。その様子に、秋彦も目を眇《すが》める。

「ほら、行こう」

「……うん」

美咲は躊躇《ためら》いながらも、差し出された秋彦の手を取る。もうあたりは薄暗《うすぐら》くなっているから、男同士で手を繋《つな》いでいても、見咎《みとが》められることはないだろう。

強く握《にぎ》った秋彦の手の平は、腕《うで》に抱《だ》いたモコの体温と同じくらい温かかった。

◆

落ち着かない気分で待っていると、約束の時間から少し遅《おく》れてインターホンのチャイムが鳴った。

「……ッ」

思わずびくりとなった美咲の膝《ひざ》から、ぴょんとモコが飛び降り、玄関《げんかん》のほうへと走っていく。

「モコっ、一人で行くなってば」

「人がいる気配がわかるんだろう。——はい」

『林《はやし》です。すみません、お待たせしました』

「いえ、大丈夫ですよ。いま行きますね」

秋彦はインターホンで応対し、モコのあとを追いかけた。

来客はモコを引き取りたいと云《い》ってくれた、あの女性だ。

ついさっき、マンションのエントランスのインターホンの映像で見た彼女は、先日遠目で見た印象と同じで柔らかな雰囲気の人だった。

「美咲、モコが飛び出さないよう抱《かか》えててくれ」

「うん」

モコは秋彦に軽々と抱え上げられ、美咲の腕の中にすぽっと収まった。真っ先に自分が出たい様子だったけれど、我慢《がまん》させる。

美咲は秋彦の後ろで、緊張《きんちょう》しながら玄関のドアが開くのを待った。

「お待ちしてました。ご足労おかけして申し訳ありません」

出迎《でむか》える秋彦に、恐縮《きょうしゅく》した返事が戻《もど》ってくる。

「いえ、私こそ遅《おそ》くなってしまってすみません。来る途中、道に迷ってしまって」

「このへんは一方通行が多いから、車だとわかりにくいかもしれませんね。ご説明が足りなくて申し訳ない。どうぞ、お入り下さい」

「お邪魔《じゃま》します」

「い、いらっしゃいませ」

真新しい可愛《かわい》いキャリーバッグを持ってやってきた林に、美咲はモコと一緒に頭を下げる。

過度の緊張のせいで、声が上擦《うわず》ってしまった。

「はじめまして、林と申します。あなたが美咲くん？」

たおやかに微笑《ほほえ》まれ、思わず頬《ほお》を赤くしてしまう。おっとりとした口調は、初めて見たときの印象そのままだった。

「は、はい、鈴木美咲です」

「この子がモコちゃんね？　はじめまして。写真で見るよりも美人さんね」

林は屈《かが》んでモコと視線の高さを同じにして挨拶《あいさつ》をした。褒《ほ》められたモコはもぞもぞと体を捩《よじ》り、美咲の腕の中から飛び出した。

「ちょっ、モコ…!? うわっ」

落ちそうになったところを林が咄嗟《とっさ》に抱《だ》きとめてくれる。ほっとしてモコを見てみると、ちぎれそうなほど尻尾《しっぽ》を大きく振《ふ》っていた。一瞬《いっしゅん》で林のことを気に入ってしまったらしく、興奮して顔を舐《な》めまくっている。

「モ、モコ、ちょっと落ち着いて! 林さんが困るだろ?」

「大丈夫よ。好きって云ってくれてるのよね? ありがとう、モコちゃん。ずいぶん人懐《ひとなつ》こい子なのねえ」

林は嫌《いや》がる素振《そぶ》りなど微塵《みじん》も見せず、相好《くず》を崩してモコにされるがままになっている。相性《あいしょう》はいいようだと安心した美咲は、名前のことを思い出した。

「あっ、名前はそちらでつけてもらおうと思ってて、モコっていうのは仮の名前なんです」

すっかり呼び慣れてしまったけれど、正式な名前としてつけたわけではない。家族として共に暮らしていく人がつけたほうがいいだろう。

「あら、あなたがつけてあげたのに変えるなんてもったいない。この子も気に入ってるみたいだし」

「え、いいんですか?」

「もちろんよ。ね、モコちゃん」

呼びかけられたモコは、また嬉《うれ》しそうに尻尾を振る。林の言葉に、美咲の胸の中にあった淋《さび》しさが少しだけ薄《うす》らいだ。

美咲たちのやりとりを見守っていた秋彦が、タイミングを見計らって声をかけてくる。

「お茶を用意してあるんです。よかったら、いかがですか？」

「わざわざすみません。せっかくですしお言葉に甘えさせてもらいますね」

床《ゆか》に下ろされたモコは、靴《くつ》を揃《そろ》えて玄関に上がってきた林の足下《あしもと》に纏《まと》わりついている。

「俺、お茶淹《い》れてくるね」

「俺が用意してくるよ。お前は林さんをリビングに案内してくれ。モコのことなんだ、美咲が話をしたほうがいいだろう」

「えっと……じゃあ、お願いします」

お茶の支度を秋彦に任せ、林を奥へと招き入れる。

「こちらにどうぞ」

「ありがとう。失礼します」

カバーを替《か》えておいたソファに案内し、座ってもらう。こんなふうに来客を接待するのは初めてだから緊張してしまう。

美咲もソファに腰《こし》を下ろすと、ちゃっかりとモコが膝の上に乗ってきた。ソファに座っているときの定位置になっているのだ。

「本当に美咲くんのことが大好きなのね」

「俺が面倒《めんどう》見てたからだと思います。あと、人見知りしない性格みたいで、秋彦さんにもすぐに慣れたんですよ」

「それもあるでしょうけど、美咲くんがモコちゃんを大好きだって思ってるから、その気持ちが伝わってるんじゃないかしら？　犬は人の気持ちに敏感《びんかん》だから」

「そ、そうだと嬉しいですけど」

林の言葉に照れてしまう。気恥《きは》ずかしさをごまかすために、美咲のほうから話題を変えた。

「林さんは前にも犬を飼ってたって、秋彦さんから聞いたんですけど……」

「ええ、学生の頃《ころ》から飼ってた子がいたんだけどね、五年前に老衰《ろうすい》で亡《な》くなったの」

「そうだったんですか……」

「それからは新しい子を迎《むか》える気にはなれなかったんだけど、結婚《けっこん》して広い家に移ったら少し淋しくなっちゃって。そんなときに友人からモコちゃんの話を聞いて、手を挙げさせてもらったの」

「何だかちょっと運命だったみたいですね」

「私もそう思う」

モコがいなければ、林とこうして話をすることもなかったかと思うと不思議な気持ちになる。

「美咲くん、モコちゃんと巡《めぐ》り会わせてくれてありがとう。よかったら、モコちゃんに会いにウチに遊びにきてね」

美咲の別れがたい気持ちをわかっているのか、林はそう申し出てくれた。

「え、いいんですか…？」

誘《さそ》いは嬉しかったけれど、今日初めて会った自分が気軽に訪ねていってもいいものだろうか。

「もちろんよ。モコちゃんもあなたに会えなくなったら淋しいと思うの。私も在宅の仕事だから家にいることが多いし、遠慮《えんりょ》しないで会いにきてもらえると嬉しいわ」

「よかったな、美咲」

「うん！」

紅茶を運んできてくれた秋彦の言葉に力強く頷《うなず》く。また会うことができる。そう思ったら、少しだけ淋しさが軽くなった。

「もうモコは寝《ね》たかなあ？」

美咲は時計を見上げて呟《つぶや》いた。昨日までは元気いっぱいのモコがいて賑《にぎ》やかだったせいで、今夜はやけに静かに感じられる。以前と同じ生活に戻っただけのことなのに不思議だ。

「そうだな、そろそろ眠《ねむ》くなる時間だもんな」

「新しいお家《うち》にもう慣れたかなあ」

「大丈夫《だいじょうぶ》だよ。ウチに来たときだって、すぐに慣れたじゃないか」

「うん、そうだね……」

いい人に引き取ってもらえてよかったとほっとした気持ちはもちろんある。けれど、それと同時に淋しさも込み上げてくる。

（……泣いちゃダメだろ）

子犬の世話をするのは大変だったけれど、それ以上に楽しいことのほうが多かった。どうしても、喪失感《そうしつかん》を覚えてしまう。二度と会えなくなったわけじゃない。そうわかっていても、目頭《めがしら》が熱くなってくるのは抑《おさ》えきれない。

「淋しいのか？」

「ち、違《ちが》うよっ！　あ、俺お茶淹れてくる」

気持ちを見透《みす》かされそうになり、美咲は秋彦に背中を向けてキッチンに逃《に》げる。涙《なみだ》ぐみそうになっている顔なんて見られたくない。

パジャマの袖《そで》でこっそりと目元を拭《ぬぐ》っていたら、追いかけてきた秋彦に背後から抱きしめられた。

「泣くなら俺の胸で泣け」

「泣いてないってば！」

「そうか？　俺は泣きそうだけどな」

「えっ⁉」

思わぬ告白にぎょっとした。振り返ろうとしたけれど、キツく抱きしめられているせいで身動きが取れなかった。もしかしたら、秋彦もいま顔を見られたくないのかもしれない。

「娘《むすめ》を嫁《よめ》にやるのはこういう気持ちなのかもな」

「秋彦さん……」

頭上から聞こえてきたしんみりとした呟きに、云《い》わないでおこうと思っていた胸の内を伝えておこうと思い直した。秋彦に隠《かく》しごとはしたくない。

「……あのね、秋彦さん」

「うん？」

「俺、嫌なやつなんだ」

「どうしてそう思うんだ？」

「モコのことは大好きだし、可愛《かわい》いと思ってるし、いなくなって淋しいって思ってるけど……実は、秋彦さんに甘えてる姿を見てヤキモチ焼いたりしてたんだ。そこは俺の場所なのに、って……。俺って自分勝手だよね」

秋彦には呆《あき》れられるかもしれない。けれど、秘《ひ》めていた本音を告げたことで、胸の閊《つか》えが取れた気がした。

「——俺も同じだよ」

「同じ？」

「美咲を独《ひと》り占《じ》めしてるモコに嫉妬《しっと》してた」

「秋彦さんが⁉」

「驚《おどろ》くことないだろう。俺だって独占欲《どくせんよく》くらいある。もちろん、モコのことは好きだよ。でも、こういうのは理屈《りくつ》じゃないからな」

「……うん」

人の気持ちは本当にややこしいと思う。矛盾《むじゅん》する感情が、同時に存在することだって少なくない。けれど、そうやって悩《なや》むことができるからこそ、いまの場所から一歩前に踏《ふ》み出せるのかもしれない。

「やっぱり、モコがいないと淋しいね」

「そうだな。けど、今夜は淋しがってる暇《ひま》はないだろう？　俺の面倒を見るので手一杯《ていっぱい》だろうからな」

「そうだね」

秋彦が自分を慰《なぐさ》めるために冗談《じょうだん》を云ったのだと思って笑うと、思わせぶりな笑《え》みが返された。その表情に意味深なものを感じていると、突然《とつぜん》、ひょいと抱《だ》き上げられた。

「あ、あの、秋彦さん…？」

「それじゃあ、早速《さっそく》この間の続きに移ろうか」

「この間のって――」

何のことかわからずに目を瞬《しばたた》いていた美咲は、秋彦の足が寝室《しんしつ》に向いていることに気がついた。目的地を悟《さと》り、秋彦の云わんとしていることを理解した。

「してくれるんだろう？」

「……っ、それはその……」

あのときは確かにそう云ったけれど、いま求められても困ってしまう。もっと理性が飛んでいるときなら、大胆《だいたん》なこともできるかもしれないが、急にするのは無理だ。どう説明すれば自分の気持ちを理解してもらえるだろうかと悩んでいるうちに、寝室に辿《たど》り着いてしまった。

ベッドに下ろされたかと思うと、秋彦は頭の横に両手をついて見下ろしてくる。

「お預けのご褒美《ほうび》がないと、云うことを聞かなくなるぞ」

「ご褒美って云われても――んっ」

唇《くちびる》の横を犬のようにぺろりと舐《な》められる。くすぐったい感触《かんしょく》に、ぞくぞくと首の後ろが震《ふる》えた。ご褒美と云われても、何をしたらいいのだろうか。そもそも組み敷《し》かれたいまの状態では、美咲から行動することは難しい。

「あの……何、したらいい……？」

「それは美咲が考えてくれないと」

「ええっ、俺が考えるの⁉」

無理難題を押しつけられ、必死に思考を巡らせる。考え込んでいる美咲を放っておくつもりはないらしく、秋彦は顔中に触《ふ》れるだけのキスを降らせてくる。

「ちょ、秋彦さん、何、して…っ」

「美咲は考えごとに集中してていい」

「集中できるわけないだろ…！　ん……っ」

勝手なことを云う秋彦に文句を云う。それに対しての反論はなく、代わりに首筋を吸い上げられた。絶え間ない接触《せっしょく》は、美咲の思考を霧散《むさん》させる。

「や、あ、秋彦さんってば……！」

せめてもの抵抗《ていこう》に、めくられそうになったパジャマの裾《すそ》を手で押さえる。すると、秋彦はすぐに諦《あきら》め、ズボンのほうに手をかけてきた。

「わ……っ」

雰囲気《ふんいき》にも呑《の》まれていない状態で剥《む》き出しの体を晒《さら》すのは、未《いま》だに恥《は》ずかしい。一気に茹《ゆ》で上がった美咲は、咄嗟《とっさ》に手で摑《つか》んでいたパジャマの裾で前を隠した。

（電気ついたままなのに……っ）

美咲の欲望《よくぼう》は触れられる前から芯《しん》を持ち始めており、緩《ゆる》く勃《た》ち上がりかけていた。まるでこらえ性《しょう》がない自分を見られたくなくて、覆《おお》い被《かぶ》さる秋彦の下で体を丸める。

「わかってないな、そういう仕草のほうがよっぽど男を誘《さそ》うってことが」

「え？」

苦笑《くしょう》混じりの呟きにきょとんとしているうちに、秋彦はローションのボトルを手にしていた。それをたっぷりと手の平に取ったかと思うと、後ろの窄《すぼ》まりに触れてきた。

「ひゃっ」

ローションに濡《ぬ》れた冷たい指の感触に、思わず高い声を上げる。困惑《こんわく》している美咲の様子に、秋彦は口の端《はし》を持ち上げて笑う。

「油断してただろ？」

「や、あ、うそ、いきなり……!?」

秋彦は熱を持ちかけている欲望に触れようとはせず、強張《こわば》ったそこを解《ほぐ》すように何度も撫《な》でてくる。微《かす》かに緩んだその隙《すき》に、中に指先を押し込まれた。

「ん……っ」

体の内側を探《さぐ》る指の動きに息を呑む。いつもなら高められてからの行為《こうい》なのに、今日は順番が違《ちが》う。ほとんど素面《しらふ》の状態でされているのは酷《ひど》く恥ずかしい。

「ぅあ…っ、あ、待っ……」

ぐりぐりと敏感《びんかん》な場所を刺激《しげき》され、引き攣《つ》った声が押し出される。

『『待て』のご褒美はあるのか？』

「そ…なの、あるわけ……っ」

「なら、『待て』はできないな」

「やぁ…っ、あっあ、あ……！」

中を掻《か》き回す指を増やされ、荒々《あらあら》しく抜《ぬ》き差しされる。突《つ》き入れられるたびに、滴《したた》るほどに使われたローションが卑猥《ひわい》な音を立てた。いつになく余裕《よゆう》のない責め立てに、美咲は困惑した。

「こんな、何で……っ」

「いつから『お預け』されてると思ってるんだ？」

「それは――んん、んー…っ」

たどたどしく問うと、逆に甘く詰《なじ》られ、噛《か》みつくようにキスされた。

するりと入り込んできた舌に、口腔《こうこう》も掻き回され、もう何が何だかわからない。翻弄《ほんろう》されるがままに意識を飛ばしかけたそのとき、ずるりと指が引き抜かれた。

異物が抜け出ていく感覚にぎゅっと目を瞑《つぶ》ると、何もなくなった場所に今度は硬《かた》い熱の塊《かたまり》を押しつけられた。

「や、もう…!?」

よく知った温度に次の行為を悟り、思わず目を瞠《みは》る。秋彦はまだキツいその場所に自らの昂《たか》ぶりを捻《ね》じ込んできた。

「あ、ぁあ……ッ」

止める間もなく一息で奥まで突き入れられ、一瞬《いっしゅん》息ができなくなった。のしかかってくる体の重さに、股関節《こかんせつ》が軋《きし》むほどに開かされる。

性急な行為にまだ戸惑《とまど》いはあるけれど、秋彦がそれだけ自分を欲《ほっ》していた証拠《しょうこ》だ。一方的には責められない。

「なんか……今日、おっきい……」

美咲の中に収まった屹立《きつりつ》はいつも以上に力強く脈打ち、存在感を訴《うった》えている。体を繋《つな》げられたのが急だったことも相俟《あいま》って、秋彦を受け入れたそこはジンジンと熱く疼《うず》いていた。

「ずいぶん我慢《がまん》してたからな」

「……うん」

「動いていいか?」

「いまさら聞くの?」

ここまで強引《ごういん》だったくせにと、笑ってしまう。

「余裕だな」

「そういうわけじゃ——ひぁ…っ、や、急に……っん、ぁんっ」

いきなりキツく突き上げられ、声が裏返った。それが恥ずかしくて秋彦を責めたら、もっと

強く穿《うが》たれる。

「あっあ、あ、あ……っ」

押し出される喘《あえ》ぎ声のせいで、文句を云《い》う暇《ひま》もない。

「もっと緩めて」

「や、わかんな……っあ、んん」

内壁《ないへき》を擦《こす》る屹立を無意識に締《し》めつけていたようだ。意識すればするほど、強張ってしまう。

秋彦は美咲の感覚を逸《そ》らすために、硬く張り詰《つ》めた昂ぶりに指を絡《から》めてきた。

腰《こし》を揺《ゆ》さぶられながら一緒《いっしょ》に自身を擦られているうちに、四肢《しし》から力が抜けていく。初めは身構えていた体も、悦楽《えつらく》に蕩《とろ》けていった。

「あ、あ、そこ、だめ、ぁあ…っ」

感じすぎてしまう体が怖《こわ》くて、秋彦にしがみつく。肌《はだ》が触れ合う感覚にほっとしたのも束《つか》の間、深く抉《えぐ》るような動きで律動を送り込まれた。

「やあっ、あ、ぁ、ああっ」

「……っ、すごいな」

秋彦は吐《と》息《いき》を零《こぼ》しながら、甘えるように訊《き》いてくる。

「中に出していいか？」

「ん、うん、秋彦さんの好きにして……っ」

夢中で答えると、屹立から指を解かれ、腰を抱《かか》え直される。体の位置がずれたかと思ったら、それまで以上の激しさで揺さぶられた。

「ぁあっ、あ、あ、も、いく……！」

目眩《めまい》がするくらいめちゃくちゃに突き上げられ、ひっきりなしに嬌声《きょうせい》を零しながら、最後を迎《むか》えた。衝動《しょうどう》のままに穿たれ、体の奥で熱が爆《は》ぜるのを感じる。

「秋彦、さん――――」

唇《くちびる》が近づいてきたことに気づき、自分のほうから口づける。濃厚《のうこう》なキスは引きかけていた熱を再び煽《あお》り、美咲の体は言葉にするまでもなくさらなる快感を求めてしまう。

「もっと？」

「……うん、もっと」

貪欲《どんよく》な自分に恥じ入りながらも、偽《いつわ》りのない気持ちを告げた。

秋彦が美咲の願いを叶《かな》えてくれなかったことなど、いままで一度だってない。腕《うで》を回したままの頭を引き寄せ、もう一度とキスもねだる。

美咲はそっと目蓋《まぶた》を下ろし、秋彦の与《あた》えてくれる感覚に身を委《ゆだ》ねた。

昨夜はずいぶん遅《おそ》くまで寝《ね》かせてもらえなかった。本気で泣き出すくらいしつこく抱《だ》かれ、最後は意識を失うようにして眠《ねむ》りに落ちた。

（ちょっと、腰怠《だる》い……）

◆

朝、目が覚めたときは何ごともなかったかのように片づき、真新しいパジャマを着せられて秋彦の腕の中にいたけれど、体に残る熱の余韻《よいん》は生々しく、鬱血《うっけつ》の跡《あと》もあちこちに散っていた。とくに酷使《こくし》された腰の疲労《ひろう》は激しく、いまは立っているのが精一杯《せいいっぱい》だ。今日が日曜で本当によかった。

気怠い体でキッチンに向かっていると、メールの着信を知らせるメロディが聞こえてきた。何気なく携帯《けいたい》電話を確認《かくにん》した美咲は、送信者の名前を見て目を瞠った。

「秋彦さん、秋彦さん！　林さんからメール来たよ！　モコの写真もついてる」

昨日、林とはメールアドレスの交換《こうかん》をしておいたのだ。成長の様子を報告してくれると約束してくれたのだが、早速《さっそく》その一通目というわけだ。

モコはふかふかのピンクのクッションに沈《しず》むようにして眠っている。これは昨夜の様子らしく、家に着いてからの様子をメールに記してある。

「どれ、見せてみろ」

「うっ、重いよ秋彦さん！　ほら、これがモコのベッドみたい」

背後からのしかかられ、前のめりになりながら、メール画面をスクロールさせて添付《てんぷ》されていた写真を秋彦に見せる。

「やっぱり寝顔《ねがお》が可愛《かわい》いな」

「うん。多分、世界一可愛いと思う」

自分も秋彦も、完璧《かんぺき》に親バカだ。ペット自慢《じまん》をする友人の話を少し呆《あき》れながら聞いていたこともあるけれど、これからは他人事《ひとごと》ではない。

「そういえば、昼食の支度《したく》してたんだろう？　今日のメニューは何だ？」

「パスタのつもりだけど……何か他《ほか》に食べたいものあった？」

わざわざメニューを聞いてくるなんて珍《めずら》しい。リクエストがあったなら、先に訊いておけばよかったと思いつつ返す。

「デザートに美咲」

「な……っ、もう、昼間からそういう冗談《じょうだん》は云わないように！」

腰のあたりで怪《あや》しく動く秋彦の手をぺしっと叩《たた》く。

「冗談じゃなければいいってことか？」

「もっとダメです。もうちょっとでできるから、それまでお仕事してきたら？　コラムの締め切りが明日《あした》なんじゃなかったっけ？」

「最近、美咲まで編集みたいになってきたな。仕方ない、もうひとがんばりするか」

「うん、がんばっ――――んん…っ」

振《ふ》り返りながら告げたら、不意打ちで唇を奪《うば》われた。普段《ふだん》なら一瞬で離《はな》れていくニュアンスの口づけなのに、今日はなかなか終わらない。

体の奥底に熾火《おきび》のように残っている熱が疼き出しそうになり、美咲のほうから引き剝《は》がした。

「……ダメだってば！」

「悪い悪い、禁欲《きんよく》生活が長かったから、つい」

「もうっ」

赤らめた頰《ほお》を膨《ふく》らませて睨《ね》めつけると、秋彦はひょいと肩《かた》を竦《すく》めて、ようやく書斎《しょさい》へと戻《もど》っていく。

(今日の秋彦さん、いつもより甘えっこな気がする)

やはり、秋彦もモコがいない生活に淋《さび》しさを覚えているのかもしれない。心なしか淋しそうな背中に向かって、美咲は声をかけた。

「モコのところに行くときは、秋彦さんも一緒に行こうね！」

「ああ、もちろん」

振り返った秋彦の笑顔《えがお》は、春の日の光のように朗《ほが》らかだった。

純愛ロマンチカ7

ハネムーン編

Junai Romantica7

「美咲、そんなに上ばかり見ていたらひっくり返るぞ」

口をぽかんと開けたまま反り返りそうになっている美咲に、秋彦は小さく笑った。

ターミナルに立ち尽《つ》くし、嵌《は》め殺しのガラスの向こうにそびえるように存在している巨大《きょだい》な客船を見上げたまま、恐《おそ》る恐る秋彦に確認する。

「本当にこれに乗るの……?」

「もちろん。来る前にあれだけガイドブックを読んでたくせに、まだ信じられないのか?」

「だ、だって、こんなに大きいなんて思わなかったから……」

実際の大型客船を目にしてようやく、空港に降り立ってもまだ湧《わ》いてこなかった実感がじわじわと大きくなり始めていた。

(何だか映画の中の主人公になったみたいな気分……)

先ほど、客船ターミナルの出発カウンターで乗船券を見せて乗船受付をしたら、ボーディングチケットとIDカードが渡《わた》された。船内でのチェックは全《すべ》てこのIDカードで行い、ルームキーにもなっているらしい。

そのときに預けた二人ぶんの荷物の詰《つ》まったスーツケースは、スタッフが客室まで運んでおいてくれるとのことだ。

秋彦から『二人で旅行に行かないか？』と誘《さそ》われたのは年が明けてしばらくしてからのことだった。美咲には断る理由など一つもなく、二つ返事で了承《りょうしょう》した。

美咲は今年の四月で大学三年になる。大学生活にはすっかり慣れたけれど、三年になれば就職活動を始めなければならない。この機会を逃《のが》すと、秋彦と共にゆっくり長期休暇《きゅうか》を過ごす時間を作るのは難しくなる。

どういう仕事に就《つ》きたいか、まだ明確な将来は描《えが》けてはいない。だからこそ、色んな職種の説明会に足を運んだり、ＯＢから話を聞いてみようと考えている。

（編集さんの仕事が大変だってことだけは何となくわかるけど……）

秋彦が忙《いそが》しいときなどは、担当編集者から伝言を預かったりすることもある。編集者は作家から原稿《げんこう》を取り立てて印刷所に入稿《にゅうこう》するだけの仕事ではない。

本につけるあらすじや帯の惹句《じゃっく》を考えたりするのはもちろんのこと、秋彦のようにメディアから注目されている作家の場合、タレントのマネージャーのように取材の調整を行ったり、映像化のための各部署との折衝《せっしょう》を担《にな》うこともある。

以前聞いた話では、一人で何十人もの作家を担当する場合もあるらしい。その全員のスケジュールを一度に管理し、それぞれに連絡《れんらく》を取らなくてはならないかと思うと、それだけで混乱してくる。

(俺なら絶対に頭がこんがらがっちゃうよ)

大型客船でのクルーズになったのは、秋彦の取材も兼《か》ねてのことだ。いま構想しているミステリ作品の舞台《ぶたい》の候補として考えているらしい。

秋彦が半月も日本を離《はな》れることに担当編集者は渋《しぶ》い顔をしたけれど、取材を兼ねているということと、ノートPCを持参していつでもメールがチェックできる状態でいることを条件に送り出してくれた。

相談の結果、航路はニューヨークを出て、主要都市に停泊《ていはく》しながら、カリブ海を巡《めぐ》るルートを選んだ。約二週間を海の上で過ごすことになるため、日程は春休みに入った二月末からということになった。

旅行の予定が決まってからというもの、美咲は毎日のようにガイドブックを読み、秋彦と過ごす二週間の計画を立てた。

船上ではカジノやプールなどのレクリエーション施設《しせつ》で楽しめる他に、ショーやコンサートなどのエンターテインメントが連日繰《く》り広げられるらしい。さながら、一つの街が丸ごと移動するようなものだろう。

旅費を全て秋彦に出してもらうのは気が引けたけれど、『取材のついでだ』という言葉に甘えることにした。

もちろん、その言葉を額面どおりに受け取っているわけではない。秋彦があんなふうに云《い》ったのは、美咲に遠慮《えんりょ》させないための気遣《きづか》いだ。身の丈《たけ》に合わないと固辞するほうが、秋彦を落胆《らく たん》させるとわかっていたから、ありがたく気持ちを受け取ることにしたのだ。

（就職して自分でお金を稼《かせ》ぐようになったら、俺が秋彦さんに旅行をプレゼントするんだ）

秋彦のように豪華《ごうか》な旅を企画《きかく》するのは、何年経《た》っても無理だとわかっている。だとしても、自分のできる範囲《はんい》でいいから秋彦を喜ばせたい。

きっと、美咲にしかできないことだってあるはずだ。そんな決意を密《ひそ》かに固めていると、ぽんと背中を叩《たた》かれた。

「そろそろ行くぞ。乗り遅《おく》れたら大変だ」

「あ、秋彦さん待ってよ！」

我に返った美咲は、クルーのいる乗船口へと向かう秋彦を慌《あわ》てて追いかけた。

ギャングウェイを通って約二週間を過ごす船内へと足を踏《ふ》み入れると、口元に髭《ひげ》をたくわえた船長を初めとしたクルーたちに出迎《でむか》えられた。ホテルのフロントにあたるグランドロビーは想像以上に華《はな》やかな空間だった。

吹《ふ》き抜《ぬ》けになっていて、ガラスがはまった天井《てんじょう》からは柔《やわ》らかな光が差し込んでいる。ここが海の上だと知らなければ、誰《だれ》も船の中だとは思わないだろう。

秋彦に連れられ、有名なホテルにも足を運んだことがあるけれど、この船のロビーは勝るとも劣《おと》らない。

あちこちに生花が飾《かざ》られ、どこからともなく優雅《ゆうが》な音楽が聞こえてくる。下へと続く階段から下層を覗《のぞ》き込むと、そこでバイオリンを構えた人たちが生演奏をしていた。

「秋彦さん、すごいね……！　写真で見るより全然広いよ。ねえ、ちょっと見てきていい？」

「かまわんが、あまり遠くへ行って迷子になるなよ」

「すぐ戻《もど》ってくるから迷子になんかならないよ！」

秋彦の心配に唇《くちびる》を尖《とが》らせながら、階段を下りていく。せっかくの生演奏を近くで聴《き》いてみたかったのだ。階段の踊《おど》り場には大きな油絵が飾られている。芸術には何の造詣《ぞうけい》もない美咲でも、その美しさに目を奪《うば》われる。

「有名な人が描いた絵なのかな？」

きっと、秋彦なら何か知っているんだろう。あとで訊《たず》ねてみようと思ったその瞬間《しゅんかん》、周りに気を取られていたせいで、思わず足を踏み外してしまった。

「うわ……っ」

手すりも摑《つか》み損《そこ》ね、体が落下していく感覚に血の気が引く。

（落ちる……！）

ぎゅっと目を瞑《つぶ》り、そのまま滑《すべ》り落ちてしまうことを覚悟《かくご》したけれど、美咲の体はそれ以上落ちていくことはなかった。

「危なかったね。大丈夫《だいじょうぶ》？」

「へ……？」

声のしたほうを振《ふ》り返ると、浅黒い肌《はだ》をした彫《ほ》りの深い男の人の顔が視界に飛び込んできた。後ろから腰《こし》に手を回された状態で、美咲は半分宙に浮《う》いていた。すんでのところで階段から落ちずにすんだのは、彼が抱《だ》きとめてくれたからだったらしい。

「よそ見をすると危ないよ」

「す、すみませんでした！」

「怪我《けが》はない？　歩けそう？」

「あっ、お陰様《かげさま》で大丈夫です！」

美咲の言葉に安心した様子で、踊り場の絨毯《じゅうたん》の上に下ろしてくれる。

その人はかなりの長身で、同じ高さで並んで立つと見上げるほどだった。もしかしたら、秋彦よりも大きいかもしれない。

緩《ゆる》く癖《くせ》のついた髪《かみ》は流すようにセットされ、目鼻立ちのはっきりした甘い容貌《ようぼう》によく似合っている。身に纏《まと》うピンストライプのスリーピースのスーツは上品で、うっかり踏みそうになってしまった靴《くつ》は丁寧《ていねい》に磨《みが》き抜かれていた。

「よかった。次からは気をつけて」

「は、はい」

彼はにこりと微笑《ほほえ》むと、すぐに踵《きびす》を返して去っていってしまった。

まるで絵本から抜け出てきた王子様のようなその優雅な振る舞《ま》いに見入っていた美咲は、ふと我に返った。

「ちゃんとお礼云ってない……!」

慌てて階段を駆《か》け上がり彼を追いかけたけれど、戻ってきたロビーに彼の姿はもうなかった。

きょろきょろとあたりを見回していると、美咲に気づいた秋彦が歩み寄ってきた。

「どうしたんだ、美咲」

「あ、秋彦さん……。あのね、いま、階段から落ちそうになっちゃって、それを助けてくれた人がいたんだけど、お礼を云う前にいなくなっちゃって……」

「大丈夫だったのか?」

美咲の言葉に、秋彦が顔色を変えた。言葉の選び方がまずかっただろうかと反省しつつ、秋彦を安心させるために明るく告げる。

「うん、大丈夫! その人が支えてくれたから、転ばないですんだし」

「そうか……。気持ちはわかるが、あまり俺を心配させるな」

「ごめんね、秋彦さん」

肩《かた》を落として謝ると、秋彦はようやく表情を緩めて、くしゃりと髪を撫《な》でてくれた。足を踏み外したときの嫌《いや》な感覚が、その手の平の感触《かんしょく》に消えていく。

「で、助けてくれたのは、どんな人だったんだ?」

「うーんとね、すごく背の高い男の人で、モデルさんみたいな人だったよ」

秋彦よりも少し大きかったように思う。手足が長くて、とてもスタイルのいい男性だった。細身に見えたけれど、美咲を支えてくれた腕《うで》は力強く、逞《たくま》しかった。

美咲に『危ないよ』と告げた声は、その顔立ちと同じように甘い響《ひび》きを含《ふく》んでいた。

（あれ？　そういえば日本語だった気が……）

日系には見えなかったけれど、彼の口から発せられる日本語はずいぶん流暢《りゅうちょう》だった。

「同じ船に乗ってるんだ。そのうち、どこかで会えるだろう。そのときは俺からも礼を云うよ」

「そうだね」

二週間も同じ船の中にいるのだから、あんなに背の高い人なら会えばきっとすぐにわかるはずだ。

「それじゃあ、部屋に行くか。少しゆっくりしよう」

秋彦が視線を送っただけで、近くに控《ひか》えていたクルーの一人がにこやかに歩み寄ってきた。人懐《ひとなつ》こい笑《え》みを浮かべるクルーに案内されたキャビンは、この船で数室しかないというスイートルームだった。さっき、カウンターで預けたスーツケースはすでにベッドの脇《わき》へと運んであった。

アースカラーでまとめられたキャビンは船内とは思えないほどの広さで、専用のバルコニーまでついている。アメニティが充実《じゅうじつ》しているだけでなく、ウェルカムドリンクとして、ハーフボトルのシャンパンまで用意されていた。

机の上に置かれているのは、船内新聞のようだ。

ガイドブックによると、船内新聞は毎日部屋に配達され、紙面にはイベントやショーの開始時刻やプログラム、船内の各施設《しせつ》の営業時間などが書かれているらしい。

クルーは簡単にキャビン内の説明をし、慇懃《いんぎん》に部屋を辞していった。

「思ったよりも広いな」

「普通《ふつう》のホテルみたいだよ。わ、お風呂《ふろ》もちゃんとしてる！」

覗き込んだ浴室には浴槽《よくそう》とは別にシャワーブースもついていた。美咲はあちこちの引き出しや戸棚《とだな》を開けたりベッドにダイブしたりと、まるで子供のようにはしゃいでしまう。

「ベッドもふかふか！　秋彦さんも寝《ね》てみてよ」

声をかけると、秋彦は肩を揺《ゆ》らして笑った。

「こんな時間から誘《さそ》ってくるなんて、珍《めずら》しく大胆《だいたん》だな。旅先だからか？」

「なっ…そういう意味じゃないってば！」

からかいの言葉に思わず赤くなる。深読みされかねない発言だったと反省し、その場をごまかすために起き上がり、窓の外に目を向ける。

「少し休んだら、荷物を開いておけよ。服をかけておかないと皺《しわ》になるからな」

「そっか、二週間もここで過ごすんだもんね。あ、その前に外を見に行っていい？　このバルコニーって出ていいの？」

「もちろんだ。このキャビン専用のバルコニーだよ」

「わあ、けっこう広いね！——あ、でも、こういう部屋って高いんじゃないの…？」

いまさらながらに心配になってきた。きっと、庶民《しょみん》の美咲には想像もつかない値段に違《ちが》いない。急に不安げな顔になった美咲を安心させようと、秋彦は鷹揚《おうよう》に笑う。

「せっかく船に乗るんだ、海が見える部屋がいいだろう？　それにこれは取材を兼《か》ねてるんだから、気にすることはない。美咲は素直《すなお》に楽しんでくれればいい」

「……わかった」

本音を云《い》えば、秋彦の厚意《こうい》は身の丈《たけ》に余るほどのものばかりで、どうしても気後《きおく》れしてしまうことが多い。けれど、そんな素振《そぶ》りを見せたところで秋彦を困らせるだけだ。

だから、せめて一刻も早くちゃんとした『大人』になって、これまで秋彦から与《あた》えてもらったもの以上を返したいと思っているのだ。

（いつになったら、秋彦さんと並べるのかなぁ）

十年経《た》っても、二十年経っても、追いつける気がしない。年齢《ねんれい》で云えば、出逢《であ》った頃《ころ》の秋彦の歳《とし》はすでに追い越《こ》した。それでも、あの頃の秋彦のほうがずっと大人だったように感じる。

身長も伸《の》び悩《なや》んでいるけれど、それ以上に心の成長が美咲にとって大きな課題だった。

「はあ……」

バルコニーの手すりに頬杖《ほおづえ》をつき、どこまでも続く海を眺《なが》めながら考え込んでいると、仕切りの向こうから人の話し声が聞こえてきた。

(お隣《となり》の部屋の人かな?)

聞こえてくる言葉は日本語でないのはもちろんのこと、英語でもないようだった。いったい、どこの国の人なのだろうと好奇心《こうきしん》が湧《わ》く。

隣部屋ならきっと顔を合わせる機会もあるに違いない。

そんなふうに思いながら、何気なく隣へ顔を向けると、その部屋の人が手すりのところにやってきた。

(あれ……?)

ピンストライプのスーツを身に纏《まと》った長身には見覚えがある。その横顔をまじまじと見つめて確信した。彼はさっき美咲が転びそうになったところを助けてくれた人だ。

予想もしていなかった偶然《ぐうぜん》に驚《おどろ》いていると、不意に彼がこちらを向いた。

「あれ、君はさっきの……」

まるで覗《のぞ》き見をしていたような後ろめたさを感じ、云い訳めいた言葉を捲《まく》し立ててしまう。

「あ、あの、覗くつもりはなかったんですけど…っ、すみません! あと、さっきはありがとうございました!」

「どういたしまして。驚いたな、まさか隣の部屋だったとは」

彼は美咲の動揺《どうよう》ぶりに動じることなく、にこやかな受け答えをしてくれる。こうして向き合ってみて、改めてその端整《たんせい》な顔立ちに目を奪《うば》われた。

まるで彫刻《ちょうこく》のように整った顔に浮《う》かぶ笑みは意外なほどに人懐こく、幼い印象すら受けた。

「俺も驚きました。こんな偶然ってあるんですね」

たくさんの客室がある中、隣同士になる確率を考えるとすごい。

「こういうのも運命だと思わない？　日本語だと『縁《えん》』って云うんだっけ？」

「確かに縁がなかったら、こんな偶然はないですよね」

あのとき、美咲が一人で下の階へ行こうとしなかったら、彼と会うことはなかったし、キャビンへ来るのがもっと遅《おそ》かったならバルコニーで顔を合わせなかったかもしれない。

「――あの、ところで、すごく日本語上手ですけど、日本にいたことがあるんですか？」

「いや、日本人の家庭教師に習ったんだ。日本にはいつか行きたいと思ってるんだけど、なかなか機会がなくて」

「ぜひ来て下さい！　いいところいっぱいありますよ」

「そのときは君に案内して欲しいな」

「えっ、俺でいいんですか？」

「君がいいんだよ。せっかくこうして出逢ったんだから、もっと親睦《しんぼく》を深めたいしね。そうだ、よかったら僕の部屋にお茶を飲みに来ない？　お気に入りの紅茶を持ってきてるんだ」

「いまからですか？」

突然《とつぜん》の誘いに、さらに驚きの声を上げる。いくら隣室《りんしつ》になった縁があるとは云え、出逢ったばかりの自分が部屋にお邪魔《じゃま》してもいいものだろうか。

「遠慮《えんりょ》なくどうぞ。お連れの方もご一緒《いっしょ》にどうかな。夕食まで少し時間があるし、美味《おい》しいお菓子《かし》も用意しておくよ」

「え、ええと、ちょっと相談してきます…っ」

お茶の誘いは嬉《うれ》しいけれど、美咲の一存では返事できない。部屋に戻《もど》り、秋彦に相談することにした。

「秋彦さん、秋彦さん！」

「どうしたんだ？　バルコニーから鯨《くじら》でも見えたか？」

「鯨は見えなかったけど、お隣の人に会ったんだ。それでね、その人が何と、さっき俺が階段から落ちそうになってたのを助けてくれた人だったんだ！」

「へえ、それはすごい偶然だな」

美咲の言葉に秋彦も軽く目を瞠《みは》る。

「それでね、お茶に誘われたんだけど、どうしたらいい？　お連れの方も一緒にって云われた」

「それはいつの話だ？」

「いまからだって。夕食まで時間あるから、お菓子を用意しておくって云ってた」

「アフタヌーンティーってことか。それじゃあ、その言葉に甘えようか？　俺からも礼を云いたいし、少しだけお邪魔させてもらおう」

「わかった！　伝えてくる」

秋彦の答えに声が弾《はず》む。乗船一日目にして、新しい友人ができるチャンスに巡《めぐ》り合えるとは思わなかった。

美咲はバルコニーに戻って、海を見ながら待っていた隣人に声をかける。

「すみません、お待たせしちゃって！　あの、二人でお邪魔させてもらっていいですか？」

おずおずと招待を受けるとの返事を告げると、彼は嬉しそうに微笑《ほほえ》んだ。

「もちろん。支度《したく》して待ってる。そうだね、十五分後に」


「お、お邪魔します……」

「どうぞ。遠慮しないで」

ドキドキしながらノックをすると、笑顔《えがお》で迎《むか》え入れられた。隣のキャビンは、美咲たちのところよりも一部屋ぶん広い作りになっているようだった。

部屋に敷《し》かれていたのは細かい模様の入ったペルシャ絨毯《じゅうたん》のようだった。真ん中に置かれたソファも、宮殿《きゅうでん》にあってもおかしくないような豪奢《ごうしゃ》な飾《かざ》りのついたものだ。

(こんなすごい部屋、ガイドブックに載《の》ってたっけ?)

テーブルの上に用意されているポットやティーカップも有名なブランドの品のようだ。その横には焼き菓子《がし》やチョコレートだけでなく、サンドイッチまで並んでいる。

十五分でこれだけの支度をするなんて、いったいどんな魔法《まほう》を使ったのだろうか。

「私までお招きしていただき、ありがとうございます。藤堂と申します。失礼ですが、差し支《つか》えなければお名前を教えていただいてもよろしいですか?」

豪華《ごうか》な内装にぼんやりしていた美咲は、秋彦の声に我に返った。

「そういえば、お互《たが》いに名前も聞いてなかったね。僕はミシャール。君は?」

「俺は鈴木美咲です。俺はまだ大学生で、こちらは藤堂秋彦さんです。ええと……」

秋彦のことをどう説明すべきだろうか。逡巡《しゅんじゅん》し、云いよどんだ美咲の言葉のあとを引き取り、秋彦が口を開いた。

「日本で文筆業をしています。先ほどは美咲を助けていただいたようで、ありがとうございました」

「ああ、あれはタイミングがよかっただけだよ。文筆業って云うと、記者か何か?」

「いえ、小説を書いています」

「へえ、小説家なんだ、すごいね！　僕も色んな職業の知人がいるけど、小説家に会ったのは初めてだな。今度、日本に行く機会があったら読んでみるよ」

「あの、ミシャールさんは、普段《ふだん》何を——」

「ミシャールでいいよ。それに丁寧《ていねい》語でなくていい。せっかく友達になったのに、それじゃよそよそしいだろう？　美咲」

ミシャールは美咲の質問を遮《さえぎ》り、訂正《ていせい》を求めてきた。

会ったばかりの人に敬語を使わないのは少し話しづらかったけれど、ミシャールには普通《ふつう》の口調のほうが自然に聞こえるのかもしれない。

「う、うん、わかった。あの、ミシャールは普段何してる人なの？」

「何してるように見える？」

逆に訊《き》き返されて考え込む。

「うーん、モデルとか俳優？　すっごいカッコいいし、スタイルもいいし……」

「カッコいいって云《い》ってくれるのは嬉しいけど、残念ながらハズレ。僕は投資会社の代表をしてるんだ」

美咲の答えが満更《まんざら》でもないような顔をしながら、本当の職業を教えてくれた。

「え、代表ってことは社長さんってこと？」

「まあ、そんなところかな」

「ミシャールって若いのにすごいんだね……」

ずいぶん若く見えるけれど、それだけ優秀《ゆうしゅう》なのだろう。

このキャビンには、ミシャールの他《ほか》にもう一人男性がいた。

ミシャールの後ろに直立不動で控《ひか》えている男性はずいぶん年齢《ねんれい》が離《はな》れているように見えるけれど、この二人はどういった関係なのだろうか。

(この人もすっごい男前だけど……)

黒いスーツに黒いネクタイ。身長こそミシャールと同じくらいだけれど、体つきの逞《たくま》しさは別ものだ。

スーツを着てるせいで目立たないけれど、格闘技《かくとうぎ》の選手並みにがっちりとした体格をしている。それこそ、スーパーモデルをしていてもおかしくないような人だけれど、何故《なぜ》か自ら存在感を消している。

ミシャールも、まるで彼が存在していないかのように振《ふ》る舞《ま》っているのが、余計に気にかかった。秋彦も同じように思ったらしく、何気なさを装って切り出した。

「ところで、彼の紹介《しょうかい》はまだですか？　お二人はご兄弟ですか？」

「ん？　ああ、ハーリスは僕の部下だよ。そうだな、秘書兼《けん》お目付役みたいなものかな」

黙《だま》ったまま厳しい表情で頭を下げるハーリスに、美咲も慌《あわ》てて頭を下げる。

「よ、よろしくお願いします」

「本当は一人で来るつもりだったんだけど、何かあったときのためにってついてきたんだ」

「何かって？」

「急なトラブルとか、予期しないことが起こったりするだろう？　今回の旅行は久々の休暇《きゅうか》なんだけど、ハーリスがいるとオフィスにいるみたいで休んでる気がしないよ」

　ミシャールがぼやいている間も、ハーリスは眉《まゆ》一つ動かすことなく控えている。瞬《まばた》きをしていなければ、精巧《せいこう》な人形のように思えてしまうくらい微動《びどう》だにしない。

「あ、ごめんね。立ち話なんかさせちゃって。好きなところに座って。いま、ハーリスに紅茶を淹《い》れさせるから」

　ミシャールはそう云って、王様の椅子《いす》のような一人がけの大きなソファに腰《こし》を下ろす。美咲たちはその正面のソファに座った。好きに食べてと勧《すす》められた焼き菓子に遠慮なく手を伸《の》ばす。

「いただきます……ん！　美味しい！」

　口に運んだクッキーはさくさくとしていて、舌の上でほろりと崩《くず》れた。シンプルな美味しさに、いくつでも食べてしまいそうだ。

「よかった、美咲の口に合って。僕のお気に入りばかり揃《そろ》えてあるんだ。ねえ、僕も気になってたんだけど、君たちこそどういう関係？」

「んぐ…っ、ごほっ、ごほっ」

唐突《とうとつ》な質問に思わず飲み込みかけていたクッキーの欠片《かけら》が気管に入りそうになり、噎《む》せてしまった。涙目《なみだめ》になってげほごほと胸を叩《たた》いている美咲の背中を秋彦が撫《な》でてくれる。

「大丈夫《だいじょうぶ》か、美咲」

「喉《のど》に詰《つ》まっちゃった？　ハーリス、水を持ってきてあげて」

ミシャールの指示で、ハーリスが冷えた水をコップに注いで持ってきてくれる。水を飲み、やっと落ち着くことができた。

「ありがとう、もう大丈夫だから」

「何の話してたっけ。そうそう、美咲と秋彦はどんな関係なの？」

「ええと、それは……」

ミシャールは美咲を噎せさせた質問を無邪気《むじゃき》に繰《く》り返した。

(どんなって、何て云えばいいんだろう……)

秋彦は兄の親友で、元々は美咲の家庭教師だった。紆余曲折《うよきょくせつ》あって恋人《こいびと》になり、いまは結婚《けっこん》を約束し合った仲だ。しかし、そのことは他の誰《だれ》にも云えていない。

恋人が同性と知られたら、秋彦の仕事にも悪影響《あくえいきょう》が出るかもしれないとの危惧《きぐ》があるため、普段は他言しないようにしているのだ。

せめて、兄には告白したほうがいいだろうと何度も考えた。けれど、つき合いを反対されたらと思うと怖《こわ》くて、切り出す勇気は持てなかった。

美咲が云いよどんでいると、秋彦が代わりにその答えを口にした。

「俺たちはフィアンセだ」

「あああ秋彦さん⁉」

ストレートな答えに声が上擦《うわず》ってしまった。

火を噴《ふ》きそうなくらい火照《ほて》る頬《ほお》は、誰が見てもわかるくらい赤くなっているに違《ちが》いない。動《どう》揺《よう》する美咲に秋彦は、涼《すず》しい顔で告げた。

「ハネムーンのときくらい公言してもいいだろう？　何ら恥《は》じ入ることはないんだから」

「は…ハネムーン……」

美咲もこっそりとそんなふうに考えていたけれど、秋彦までそのつもりでいるとは思いもしなかった。急激に上がった体温で、手の平まで汗《あせ》ばんでくる。

「へえ、そうだったんだ。二人は恋人同士だったんだね。どうりで特別な雰囲気《ふんいき》があると思った」

「あの……驚《おどろ》かないの？」

「どうして？」

「だって、俺たち男同士だし、歳《とし》も離れてるし」

「何だ、そんなこと気にしてるんだ。僕の友人にも同性のカップルはたくさんいるし、人を愛することに年齢も性別も国籍《こくせき》も関係ないだろう？」

「！」

　ミシャールの言葉に、はっとした。人からどんなふうに見えるかを一番気にしていたのは、美咲自身だった。自覚していた以上に、歳の差や立場を気にしていたのかもしれない。

「それとも、美咲は秋彦への気持ちが恥ずかしいものだとでも思ってるの？」

「そんなことないよ！」

「だったら、堂々としていればいいじゃないか。大事な人がいるって、とても素敵《すてき》なことだからね」

「ミシャール……」

外聞ばかりを気にかけていた自分を反省した。

もちろん、世間には偏見《へんけん》もあるし、秋彦のように人気のある人間を貶《おとし》めようとする人だって皆無《かいむ》なわけではない。けれど、自分自身が臆《おく》していては、つけ込まれる隙《すき》を与《あた》えるだけだ。

秋彦に目を向けると、優《やさ》しい眼差《まなざ》しでこちらを見つめていた。大丈夫、と云ってくれているようで、自然と背筋が伸びる。

「でも、羨《うらや》ましいな。僕も早く運命の相手に出逢《であ》いたいよ」

「え？」

ため息混じりに云われた言葉に、目を瞬《しばたた》く。ミシャールのように魅力《みりょく》的な人に、恋人がいないなんて信じられなかった。

「残念ながら、いまは独り身なんだ。なかなかそういう相手には巡《めぐ》り会えなくてね」

「大丈夫だよ！　ミシャールなら絶対に見つかるよ」

「そうかな？　美咲に大丈夫って云ってもらうと、本当にそんな気がしてくるな」

微笑《ほほえ》みを浮《う》かべたミシャールに、美咲も笑い返す。ミシャールとは初対面のはずなのに、不思議と話しやすい人だった。

船内で何をして過ごす予定なのかやオススメスポットなどを教えてもらったりと、会話を弾《はず》ませていたら、あっという間に時間が過ぎていった。

「ん？　秋彦のカップが空じゃないか。ハーリス、秋彦に新しいものを」

「いや、これ以上は遠慮《えんりょ》しておく。いつまでもお邪魔《じゃま》していたいところだが、そろそろ失礼させてもらうよ」

「そう？　まだゆっくりしていけばいいのに」

「荷《に》解《ほど》きも終わってないし、夜の支度《したく》もしておかないとならないからな。クルーズは初めてだから、余裕《よゆう》を持って準備しておきたいんだ」

「そうか、今日の夜はパーティがあるんだっけ」

「ウェルカムパーティ、ミシャールも行くよね？」

「そうだな、気が向いたらね。船が初めてなら楽しいと思うよ。この船は食事が美味《おい》しいし、船長の話も面白《おもしろ》いしね」

「え、ミシャールってこの船乗ったことあるの？」

「うん、まとまった休みが取れるとよく乗ってる。ある程度、顔は利くから、見学したいところがあったら頼《たの》んであげられるよ」

「そうなんだ！　じゃあ、わかんないことがあったら教えてもらっていい？」

「何でも訊《き》いてよ。けっこう詳《くわ》しいよ、僕。また遊びに来てよ。いつでも歓迎《かんげい》する。数日はイベントが色々あって忙《いそが》しいだろうけど、落ち着いた頃《ころ》に一緒《いっしょ》に食事しようよ」

「うん！」

　ミシャールと約束を交《か》わし、再度お礼を云《い》って部屋を辞した。

「いい人がお隣《となり》でよかったね、秋彦さん」

「……そうだな」

　秋彦からの返事は、少し歯切れの悪いものだった。含《ふく》みのある表情が気にかかったけれど、すぐにいつもどおりの顔になったため、その理由を問うタイミングを逃《のが》してしまった。

　船内新聞を手にした秋彦が、腕時計《うでどけい》で時間を確認《かくにん》しながら訊いてくる。

「二十分後にオリエンテーションがあるみたいだぞ。行ってみたほうがいいんじゃないか？　集合はさっきのロビーだそうだ」

「あっ、そうだね」

　初めての乗客向けに、船内の案内があるのだ。ミシャールのような常連客には必要のないものだが、右も左もわからない美咲たちは参加しておく必要がある。

「じゃあ、早めに向かうか。貴重品は金庫にしまっておけよ」

「え、でもまだ荷解きが……」

「さっき、美咲が外に行っている間にすませておいたよ」

「ホントに？　ごめん！　全部秋彦さんにやらせちゃって……」

「いつもは俺のほうが美咲に世話を焼いてもらってるんだから、こういうときくらい役に立っておかないとな」

申し訳なさを覚えながら、ふと疑問が浮かんできた。

（あれ？　だったら、何でミシャールにはああ云ったんだろう？）

不思議に思って首を傾《かし》げていた美咲は、秋彦の声に思考を断《た》ち切られる。

「行くぞ、美咲」

「ま、待って！　いま行く！」

先に廊下《ろうか》に出て行った秋彦に呼ばれ、慌《あわ》てて追いかける。脳裏《のうり》を掠《かす》めた疑問はすぐに頭の隅《すみ》へと追いやられた。

美咲たちは船内の詳しい説明を聞くために、オリエンテーションに参加した。

船内施設《しせつ》の案内の他《ほか》、IDカードの取り扱《あつか》い、避難《ひなん》経路、クルーズ・コースの特徴《とくちょう》などの説明を受けた。――と云っても、英語はほとんど聞き取れなかったため、秋彦に通訳してもらったのだが。

オリエンテーションのあと、散歩がてらに船内をあちこち見てきたのだが、土産物《みやげ》だけでなく日用品も揃《そろ》うショップや船や海に関する書物が揃っているという図書室など、興味を引かれるところがたくさんあった。

明日《あした》、改めて見て回ろうと約束し、パーティの準備をするためキャビンへと戻《もど》ってきた。今日開かれるのは、船長が主催《しゅさい》するウェルカムパーティだ。フォーマルな装いで参加しなくてはならない。

美咲が用意してきたのは、秋彦が仕立ててくれたシックなダークスーツだ。シャツとネクタイも、今回のために秋彦が新しくプレゼントしてくれた。カフスは秋彦が若い頃に使っていたというものを借りることになっている。

おろしたてのシャツに袖《そで》を通し、浴室の鏡の前でネクタイに四苦八苦していると、着替《きが》え終えた秋彦が顔を覗《のぞ》かせた。

「どうだ？　ネクタイ結べたか？」

「ちょ、ちょっと待って、長さがどうしても上手《うま》く……」

言葉が途切《とぎ》れてしまったのは、鏡に映る秋彦に目を奪《うば》われてしまったからだ。スーツ姿は見慣れているけれど、タキシードを身に纏《まと》っているのを見るのは初めてだ。

フォーマルの最たるものにも拘《かか》わらず、それを着ている秋彦に肩肘《かたひじ》張ったところは少しも見受けられない。いかにも着慣れているといった佇《たたず》まいだった。

「どうしたんだ？　美咲」

「な、何でもないっ。秋彦さん、タキシード持ってたんだね」

見蕩《みと》れていたことに気づかれまいと、てきとうな会話でごまかした。

「実家にあったのを持ってきてもらったんだ。タキシードなんて久々に着るよ。前に着たのは、お祖父《じい》様の喜寿《きじゅ》の祝いのときだったかな」

「え、お家《うち》のお祝いでタキシードなんか着るの？」

「ウチは何をやるにしても仰々《ぎょうぎょう》しいんだよ。日本では普通《ふつう》身につけるのは、結婚《けっこん》式に参列する父親くらいだからな」

うんざりとした響《ひび》きが籠《こ》もっていることに気づき、美咲は努めて明るい声で告げた。

「でも、すごく似合ってるよ！　秋彦さん、何着ても似合うけど、こういう格好すると王子様みたい」

カジュアルな格好も似合うけれど、ノーブルな秋彦の雰囲気《ふんいき》にはフォーマルな装いのほうがその魅力が格段に引き立つように感じる。

「もう王子様って歳《とし》でもないだろう。それより、お前の支度はいつ終わるんだ？」

「あっ、ごめん、すぐやるから！」

未《いま》だにネクタイが結べていないことを思い出した。格闘《かくとう》を再開したけれど、焦《あせ》るせいでさっきよりも上手くいかない。見るに見かねた秋彦が手を差し出してきた。

「俺に貸してみろ」

「うう、お願いします……」

来る前にあんなに練習してきたのに、結局その成果は出せなかった。美咲があんなに苦労しても上手くできなかったのに、秋彦の長い指は器用にノットを作り出す。

「できたぞ」

「ありがとう」

そして、ハンガーにかけていたジャケットを羽織らせてもらい、胸ポケットにチーフも形よく差してもらった。

「よく似合ってる」

「いいよ、無理に褒《ほ》めてくれなくて」

「心からの感想を云ってるんだよ。ほら、背筋を伸《の》ばして鏡を見てみろ」

そう云われ、くるりと鏡のほうを向かされた。

どうせ七五三のようにしかならないだろうと思いながら覗いた鏡の中の自分は、思っていたよりも様になっていた。

「な、ちゃんと似合ってるだろう？」

秋彦はまるで自分のことのように、自慢《じまん》げに訊いてくる。

「……うん、びっくりした……」

「このへんの頬《ほお》のあたりがずいぶん大人びてきたし、体つきもしっかりしてきたからな。背もちょっと伸びたんじゃないか？」

「本当⁉」

美咲にとって身長はコンプレックスの一つだ。高校生になった頃から伸び悩《なや》んでおり、平均になかなか届かない。兄が長身なため、自分も同じくらいにはなるはずだと信じて、カルシウム多めの食事を心がけているのだが、一朝一夕《いっちょういっせき》にはいかない。

「だって、ほら――」

「わっ」

また反転させられたかと思うと、腰《こし》を引き寄せられ、その胸に抱《だ》きしめられた。

「こうすると、前より頭の位置が高くなってる」

「あ……」

云われて、初めて気がついた。つき合い始めた頃は秋彦の胸にすっぽりと収まっていた。けれど、いまは背伸《せの》びをしないでも肩口《かたぐち》に頬が当たる。

自分でも気づかないささやかな成長にまで、秋彦が気づいてくれたことに胸が熱くなった。

「秋彦さん。俺、もっとがんばるね。秋彦さんみたいな大人になれるように」

「あんまり急がれても困るな。美咲の成長を見守るのが、俺の楽しみなんだから」

「え？」

「ゆっくりでいい。ちゃんと待ってるから」

秋彦は美咲の焦りや不安を見抜《みぬ》いていたのかもしれない。

生きてきた長さは、どんなに足掻《あが》いても追いつくことはできないけれど、それでも『待ってる』という言葉に、無駄《むだ》な肩《かた》の力が抜けていく気がした。

「……うん」

ぽんぽんと頭を叩《たた》かれ、秋彦の肩に顔を埋《うず》める。背中に回した腕《うで》に力を込めると、それ以上に強い力で抱きしめられた。


船長主催のウェルカムパーティは、船長のスピーチで始まった。

各クルーの紹介《しょうかい》のあとジャズの生演奏を聴《き》きながらの立食は和《なご》やかな雰囲気で、緊張《きんちょう》せずに楽しむことができた。

「さすがに食べすぎちゃった」

「船酔《ふなよ》いはしてないか？」

「うん。さっき飲んでおいた酔い止めが効いてるみたい」

「酒はほどほどにしておけよ」

グラスが空になるたび、ウェイターに新しいものを勧《すす》められる。断り切れずに受け取ってしまうせいで、普段《ふだん》よりも飲酒量が多くなってしまっていた。

「次はちゃんとジュースにする」

火照《ほて》る頬を冷ますため、海風に当たりにデッキに出る。

「あれ？　音楽が変わった？」

「ああ、きっとダンスが始まったんだろう」

「見に行ってみていい？」

「もちろん」

中に戻るとフリースペースに置かれていたテーブルが片づけられ、空いたスペースで何組もの男女が慣れた様子で優雅《ゆうが》に踊《おど》っていた。日本人にはあまり馴染《なじ》みがないけれど、海外ではこういうダンスは日常的なことなのかもしれない。

まるで映画の中のような光景に見蕩れていると、大胆《だいたん》に胸元《むなもと》の開いたドレスを纏《まと》った綺麗《きれい》な女性が歩み寄ってきた。

一歩踏《ふ》み出すたびに艶《つや》やかな蜂蜜《はちみつ》色の髪《かみ》が揺《ゆ》れ、甘い香《かお》りがふわりと鼻腔《びこう》をくすぐる。いったい何ごとかと思ったら、その人は美咲には目もくれず、秋彦に声をかけた。

（知り合い……？）

にこやかに話しているけれど、英語での会話のため、美咲には内容がさっぱりわからない。雰囲気と聞き取れた単語で何となくわかったのは、秋彦が彼女に断りを入れているということくらいだった。

その女性はちらりと美咲に目を向け、残念そうな表情で去っていった。二人きりになってから、美咲は秋彦に会話の内容を確認《かくにん》する。

「秋彦さん、いま何話してたの？　あの女の人、知ってる人？」

「いや、いま初めて会った。ダンスを一緒《いっしょ》に踊らないかって誘《さそ》われたから、断っただけだよ」

「えっ、初対面だったの⁉」

ずいぶん親しげに話していたから、以前からの知り合いなのだろうと思っていた。

「こういう場合、通常は男性から声をかけるものだがな」

「そうなんだ……。あの、何て云《い》って断ったの……？」

こういうことを訊《き》いてもいいのかと迷ったけれど、もやもやしたものを抱《かか》えたままでは精神衛生上よくない。時間が経《た》てば経つほど、悪い方向へ想像力が逞《たくま》しくなってしまう。

「俺の腕は好きな子のためにしか空いてないって云ったんだよ」

「……ッ、な、何云ってんの、秋彦さん！」

しれっと云われた言葉に、かあっと顔が熱くなる。

「何って事実じゃないか」

「……何か、秋彦さん、いつもと違《ちが》わない？」

美咲に向かって恥《は》ずかしいことを云うのは常だが、美咲以外の人間に対して惚気《のろけ》のようなことを云うような人ではないはずだ。

「柄《がら》にもなく浮《う》かれてるのかもな」

「秋彦さんが？」

「だって、ハネムーンだからな。浮かれるのも仕方ないだろう？」

「なっ……」

何を云っても、藪蛇《やぶへび》になるだけのようだ。この件に関しては、追及《ついきゅう》しないほうが身のためだろう。

（俺だって浮かれてるけどさ……）

こんなふうにテンションが上がっているところを見るのは初めてかもしれない。秋彦でも浮き立つ気持ちを抑《おさ》えきれないことがあるのかと思うと、何だか不思議な気分だった。

「けど、秋彦さんが踊ってる姿、ちょっと見たかったな」

きっと、美咲だけでなく、誰《だれ》もが見蕩《みと》れてしまうに違いない。けれど、自分以外の人に見せるのももったいない気もする。

秋彦のことは世界中に自慢したい気持ちと、誰にも見せずに独《ひと》り占《じ》めしておきたい気持ちの両方が同時に存在する。

「なら、二人で踊ろうか？」

「俺は無理だよ！　絶対、秋彦さんに恥《はじ》かかせちゃう」

とんでもない提案に、美咲は勢いよく首を横に振《ふ》った。踊ってみたいという好奇心《こうきしん》がないわけではなかったけれど、それ以上に不安のほうが大きい。

「だったら、人目がないところへ行こう」

「ちょっ……秋彦さん⁉」

背中を押されるようにして、上の階へと続く階段を昇《のぼ》らされる。

誰もいない最上階であるサンデッキには灯《あか》りが灯《とも》っていなかったけれど、月と星の光に照らされていて充分《じゅうぶん》明るかった。

「足下《あしもと》には気をつけろよ」

「わかってるってば。……うわ、すごい……」

三六〇度に広がる星空に圧倒《あっとう》される。普段は目にすることのできないパノラマに、感嘆《かんたん》の声しか出てこなかった。

「星が降ってきそうっていうのは、こういうのを云うんだな」

「綺麗だね……」

この美しい光景を見られたことだけでなく、感動を秋彦と共有できることが嬉《うれ》しかった。

まるで、世界に二人きりしかいないような錯覚《さっかく》を感じかけていたそのとき、上を向きながら歩いていたせいで、また躓《つまず》いてしまった。

「あ…っ」

「おっと。だから、気をつけろって云っただろう？」

前のめりになった体を秋彦に抱《だ》きとめられる。

「反省してます……」

普段からそそっかしいところはあるけれど、今日はとくに注意力が散漫《さんまん》になっているようだ。

それだけ、秋彦との旅行に浮かれているのだろう。

秋彦は美咲をまっすぐに立たせてから、腰《こし》を折って手を差し伸《の》べてくる。

「お手をどうぞ」

「え!?　で、でも、俺、ダンスって本当に全然わかんないんだけど……」

映像で見たことはあっても、経験だけでなく大まかな知識すらない。足をどう動かすのかとか、手の位置はどうなっているのかとかわからないことだらけだ。

「大丈夫《だいじょうぶ》だよ、俺がリードするから」

「足踏んじゃうかもしれないし」

「美咲に踏まれたって痛くないよ」

「絶対、上手《うま》くできないと思う」

「そんなこと気にしなくていい。チークなら体を揺らしてるだけでいいんだから」

秋彦は笑いながら躊躇《ためら》う美咲の手を掴《つか》むと、素早《すばや》く腰を引き寄せてきた。逃《のが》れる隙《すき》も与《あた》えられず、くるりとターンさせられる。

「わっ、ちょ、ちょっと、秋彦さん！　誰かに見られたら笑われるよ…っ」

「大丈夫、誰も来ないよ」

船内から微《かす》かに聞こえてくる音楽に合わせて体を揺らす。秋彦に導かれるままに動いているだけで、何となく様になっているような気がしてくるから不思議だ。

秋彦に抱きしめられるなんていつものことなのに、いつもと違う雰囲気《ふんいき》に緊張《きんちょう》してしまう。

「何か、ドキドキする」

「俺もだ」

「秋彦さんも……？」

「ほら、聞こえるだろう？」

顔を押し当てられた胸からは高鳴る鼓動《こどう》が聞こえてくる。それは美咲の心臓の音と同じくらいに早鐘《はやがね》を打っていた。

「もうちょっとだけ、こうしててもいい？」

「ああ」

宝石をちりばめたような星空の下、美咲はそっと目を閉じ、秋彦の胸に体を預けた。

◆

「いってきまーす……」

まだ眠《ねむ》っている秋彦を起こさないよう、小声で告げて部屋をあとにする。迷子にならないために案内図を手に、船内の探索《たんさく》に出た。

船酔《ふなよ》いを心配していたけれど、想像していたような揺《ゆ》れはなく、昨夜は思った以上にぐっすり眠れた。

美咲は早々にベッドに潜《もぐ》り込んだけれど、秋彦は持ち込んだノートPCで遅《おそ》くまで仕事をしていたようだ。

夜中に目を覚ましたとき、書き上がった原稿《げんこう》を編集部にメールで送ったと云っていた。キャビンでインターネットに繋《つな》ぐことができるのは便利だが、旅先でまで仕事に追われなくてもいいのにと思ってしまう。

だが、生真面目《きまじめ》な秋彦の性格を考えると仕方がないのだろう。

「少しは息抜《いきぬ》きすればいいのに」

売れっ子作家である秋彦には、毎週のように締《し》め切りがある。

もっとのんびりとしたペースで仕事をすればいいのにと進言したことがあるけれど、秋彦は読みたいと云《い》ってくれる声に応《こた》えたくて、ついスケジュールを詰《つ》め込んでしまうのだと苦笑《くしょう》していた。

（そりゃ、俺だって秋彦さんの新作はいっぱい読みたいけどさ……）

だからと云って、体を壊《こわ》しそうになってまで書いて欲しいわけではない。

小説家としての秋彦のファンではあるけれど、何より大切なのは秋彦自身だ。できることなら、もう少し体を大事にして欲しい。

悩《なや》ましい気持ちを抱《かか》えながら、重い扉《とびら》を開けて朝日が降り注ぐデッキへと出る。頬《ほお》を撫《な》でる海風は気持ちよく、まだ少しぼんやりとしていた頭の中が徐々《じょじょ》に晴れていく。

びっくりしたのは、デッキではトレーニングウェアに着替《きが》えてストレッチやジョギングをしている人が何人もいたことだ。

きっと、船での生活で運動不足にならないようにしているのだろう。

「俺もスウェットとか持ってくればよかったかな」

プールがあることは知っていたから水着はスーツケースに詰めたけれど、運動用の着替えまでは持参しなかった。

「あれ、美咲？」

「へ？」

ぶらぶらと散歩をしていたら、不意に名前を呼ばれた。

「やっぱり美咲だ！　おはよう、ずいぶん早起きだね」

「ミシャール！」

トレーニングウェア姿で駆《か》け寄ってきたのは、昨日知り合った隣室《りんしつ》のミシャールだった。

普通《ふつう》のジャージの上下なのに、ミシャールが着ているとものすごく洗練されて見える。本当にモデルになったら、あちこちから引き合いの絶えない売れっ子になるに違《ちが》いない。

「美咲は、一人で朝の散歩？」

「うん、目が覚めちゃったから船の中を見て回ろうかと思って。ミシャールこそ、こんな時間からジョギングなんて偉《えら》いね」

「トレーニングが日課になってるから、朝、体を動かさないと調子が出ないんだ。何をするにも、体が資本だからね」

「確かにそうだよね。体力なかったら、集中力も維持《いじ》できないって云うもんね」

これは秋彦の受け売りだ。常に机に向かって原稿を書いている秋彦も、定期的にスポーツジムに通って体を鍛《きた》えている。

宵《よい》っ張りになりがちな生活でも体調を崩《くず》さないのは、そうした努力があるからだろう。

(何となくドキドキしちゃうんだよな)

恋愛《れんあい》的なものではなく、たとえて云うなら憧《あこが》れのアイドルを前にしているような緊張感《きんちょうかん》があるのだ。ミシャールには不思議な魅力《みりょく》がある気がする。

誰《だれ》よりも大人びた顔をしているかと思えば、子供っぽい表情が混じったりする。そのちぐはぐな印象も、見る者を惹《ひ》きつける要因になっているのだろう。

「ミシャールは会社を始めてどのくらいになるの？」

「十七歳のときに立ち上げたから、そろそろ二年半になるな」

「えっ、てことは、いま十九!?」

頭の中で計算して導かれた数字に、美咲は驚《おどろ》きの声を上げた。

「ああ、もうすぐ二十歳《はたち》になる」

「俺より年下だったんだ……」

落ち着いた物腰《ものごし》と仕事から、てっきり、四、五歳上かと思っていた。改めてミシャールを眺《なが》めてみるけれど、どこからどう見ても美咲よりも年下には思えなかった。これは育ってきた環《かん》境《きょう》の違いだろうか。

むしろ、笑った顔が子供っぽく見えたのは、あれが年相応の顔だったのだろう。

「老《ふ》けているとよく云われる」

「ミシャールがすごく落ち着いてるからだよ。俺が十七のときなんて、経済のことなんて考えたこともなかったよ」

大学に入り、就職活動をしている先輩《せんぱい》たちを見て、自分が社会の一員であるのだと初めて気がついた。

それでも、実感らしい実感があるわけではない。何となく頭で理解したような気になっているだけで、大人から見たらまだまだ井《い》の中の蛙《かわず》状態だ。

「僕の周りには大人しかいなかったから。いまも友人は年上ばかりだから、子供らしいということが、どういうことかよくわからないんだ」

「いつもは友達とどんな話するの？」

「共通の話題となると、どうしても経済の話になってしまうな」

「ミシャールは兄弟いないの？」

「僕は遅くに生まれた末っ子で、兄とはかなり歳《とし》が離《はな》れているからね。勉強を見てもらったことはあるけど、遊んだことはないな。だいたい、遊ぶというのは何をすればいいんだ？」

「ええと、日本だとテレビゲームで対戦したり、キャッチボールしたり？　学校ではどうしてたの？　あ、もしかして飛び級ってやつ？」

十七歳で起業したのなら、もうその頃《ころ》には修学を終えていた可能性もある。

「学校には行っていない。幼い頃から毎日、違う科目の家庭教師が入れ替《か》わりで来てたから」

「そうだったんだ……」

思っている以上に、ミシャールの家は名家なのだろう。家庭教師をつけるにしても、科目ごとに違う教師を呼ぶなんて普通の家庭では考えられない。

日本語を習ったのも、そのうちの一人からだったということだろう。

（でも、同世代の友達がいないのってつまらなくなかったのかな……）

小さい頃の美咲は、近所の同級生たちと毎日暗くなるまで遊び回っていた。遊びたい盛りの年頃《としごろ》に、毎日毎日勉強ばかりしなければいけない生活は想像もつかない。

「だから、美咲と友達になれて嬉《うれ》しいんだ。このクルーズが終わったあとも、僕と友達でいてくれる？」

「もちろん！　手紙も書くし、メールもする！」

「よかった。僕も美咲に手紙を書くよ」

ミシャールは、美咲の答えに無邪気《むじゃき》な笑《え》みを浮《う》かべた。

「俺はまだ学生だから海外旅行は簡単には行けないけど、日本に来てくれたら案内するから」

「日本か……。世界中、色んなところに行ったけど、まだ日本には縁《えん》がなくて行ったことがないんだ。一度は訪《おとず》れてみたいと思ってるんだが」

「そうだ、一緒《いっしょ》にキャッチボールしようよ。あと、ゲームセンターも行こう。俺、勉強はあんまり得意じゃないけど、日本の遊びなら色々教えてあげられるからさ」

子供のときに遊べなかったのならば、いまから遊べばいい。子供のときにしか得られないものはあるかもしれないけれど、それでも何か取り返せるかもしれない。

「それは楽しみだな」

「うん、俺も」

旅先で、こんなふうに友人ができるとは思ってもいなかった。ミシャールと自分に、共通していることはほとんどない。けれど、何となく会話の波長が合っている気がする。

「また明日《あした》の朝もここで会える？」

「今日みたいに早起きできたらね。ていうか、俺、ミシャールのトレーニングの邪魔《じゃま》にならないかな？」

「そんなことはない。美咲と話をするのは楽しいし、こうして二人で過ごせるのは嬉しいよ」

「それなら、よかった。早起きがんばってみるけど、起きられなかったらごめん」

「いなかったらまだ寝《ね》てるんだと思っておくよ。——おっと、そろそろ朝食の時間になるな。部屋に戻《もど》ろうか。あまり遅《おそ》いと、ハーリスがうるさいんだ」

「そうだね。俺も秋彦さんを起こさないと」

ミシャールとの話に夢中で、あっという間に時間が過ぎていた。朝食はプールサイドのカフェに食べに行こうと秋彦と約束してあったことを思い出す。

きっと、目が覚めて美咲がいないとわかったら、心配させてしまう。

「もっと美咲と話していたいけど、仕方ない」

「二週間もあるんだから、またいつでも話せるよ。行こ、ミシャール」

美咲が笑いかけると、残念そうにしていたミシャールも、そうだねと云って笑みを浮かべた。

今夜はディナーのあと、ホールではマジックショーが行われた。テーブルマジックだけでなく、大がかりなセットを使っての脱出《だっしゅつ》もあった。

主にラスベガスでショーをやっているグループによるプログラムだったようで、本場さながらの迫力《はくりょく》があった。

「すごかったね！　あんなに近くで見てたのに、全然種がわかんなかった。どうやって、後ろの席まで行ったんだろう？」

「それがわかったら面白《おもしろ》くないんじゃないか？」

「そうだけど、気になるじゃん！」

「だったら、箱の中に入る役に立候補すればよかったじゃないか」

「う……それはちょっと怖《こわ》かったんだもん……」

途中《とちゅう》、演出の一環《いっかん》で観客の中からアシスタントを募《つの》る一幕があった。

秋彦に、手を挙げたらどうだと勧《すす》められたのだが、気後《きおく》れしているうちに前の席に座っていた女性客が指名され、ボックスの中にエスコートされていった。

「まあ、無事に成功するとも限らないし、あの中に入った美咲が本当に消えたりしたら大変だからな」

「もうっ、すぐそうやって怖がらせようとする！　いいよ、次はアシスタントに立候補して、種明かしして見せるから」

「それは楽しみだな」

「俺の云《い》ってること信じてないよね、秋彦さん……」

じろりと据《す》わった目で睨《ね》めつけると、秋彦は素知らぬ顔で視線を逸《そ》らした。

「そんなことないよ。俺が美咲の云うことを信じないわけないだろ」

充分《じゅうぶん》疑わしかったけれど、いまムキになって主張するよりも実際に美咲が行動を起こしたほうが早い。絶対にマジックショーのアシスタントを務めて、汚名《おめい》返上をしようと心に誓《ちか》う。

「さて、もう部屋に戻るか？　それとも、バーにでも行ってみるか？」

「行ってみたい！　あ、でも、俺、カクテルとかよく知らないけど大丈夫《だいじょうぶ》かな……」

ドラマの中に出てくるようなバーに憧《あこが》れはあるけれど、美咲はまだ一度も足を踏《ふ》み入れたことはなかった。大学での飲み会は安い居酒屋にしか行かないし、秋彦に連れて行ってもらうのはレストランばかりだ。

あまりアルコールに強いほうではないし、カクテルの種類も居酒屋でも置いてあるようなスタンダードなものしか知らない。自分では場違《ばちが》いになってしまわないか、心配になった。

「そんなに構えなくていい。何を頼《たの》んだらいいかわからなければ、バーテンダーにお薦《すす》めのものを訊《き》いてみればいいんだから」

「じゃあ、ちょっとだけ寄ってみてもいい？」

「もちろん」

美咲には身の丈《たけ》に合わない場所でも、秋彦がいれば怖くはない。船内ガイドを手にバーへと向かうと、隣《となり》にあるカジノに灯《あか》りがついていた。

「あ、今夜はカジノが開いてるんだね」

昨夜は閉《と》ざされていた扉《とびら》が大きく開け放たれ、廊下《ろうか》に灯りが零《こぼ》れていた。

カジノの中を覗《のぞ》いてみると、まだあまり人はおらず、想像していたような熱気はない。その代わりに、ゆったりとしたムードたっぷりなジャズが流れていた。

「せっかくだから、遊んでいくか？」

「えっ、いいよ！　俺、ルールとかよくわからないから……」

興味はあるけれど、勝てる自信はないから怖い。もしも、大負けしてしまう可能性を考えたら、ゲームを楽しむことなどできそうになかった。

（だって俺、宝くじですら買ったことないし……）

昔から、くじ運には恵《めぐ》まれてないほうだった。ジャンケンも弱いし、時の運を必要とする勝負には自信が持てない。

せめてルールがわかれば、カードゲームを純粋《じゅんすい》に楽しむことができたかもしれないけれど、ポーカーもブラックジャックも知っているのは、その名前だけだ。

「遊ぶ額を決めて、無茶《むちゃ》な勝負をしなければいい」

「でも、お金賭《か》けてると思ったら、素直《すなお》に楽しめないよ」

勝てる自信がない以上、ずっとハラハラした気持ちが拭《ぬぐ》えないに違《ちが》いない。いいから行こう、と云おうとした瞬間《しゅんかん》、後ろから誰《だれ》かに声をかけられた。

「こんなところで何してるの？」

「ミシャール！」

今夜のミシャールは黒いスーツにノータイで、襟《えり》を大きく開けたスタイルだった。

昨日のようなかっちりとした姿も似合っていたけれど、こんなふうにラフに着崩《きくず》しても少しも野卑《やひ》には見えない。

後ろに控《ひか》えているハーリスは相変わらずボディガード然としたストイックな出《い》で立ちで、その口元は固く引き結ばれている。

（ハーリスさんって部下って云うより、執事《しつじ》みたいだよね）

何となく、秋彦の実家の執事と振《ふ》る舞《ま》いが似ているのだ。ミシャールが若いぶん、お目付役としての役目の比重が大きいせいもあるかもしれない。

「美咲、また会えて嬉しいよ。あとで明日のディナーに誘いに行こうと思ってたんだ」

「また？」

ミシャールの物云いが引っかかったらしく、秋彦が訝《いぶか》しげな顔を美咲に向けてきた。

「ああ、うん、朝、秋彦さんが起きる前に散歩に出たら、ジョギングしてるミシャールに会ったんだ」

「俺が起きる前に外に行ってたのか」

「うん、起こしちゃまずいかなと思って。秋彦さん、昨日は夜遅《おそ》くまで仕事してたみたいだったし……」

「起こしてくれてかまわなかったのに。ミシャールは朝からジョギングだなんて精が出るな」

「マーケットにつき合うには、体力も必要だからね。美咲たちはカジノに遊びに来たの？」

「ううん、ちょっと覗いてみただけ。バーに寄ろうと思って来たんだ」

「せっかくなんだから、遊んでいけばいいのに」

勧められたけれど、美咲は顔の前で手を振って断った。

「いいよ。興味はあるけど、俺、ルールとかよくわかんないし、お金賭けるのも怖いしさ。ちょっと見るだけのつもりで覗いてたんだ」

「だったら、お金は賭けないでやらない？　雰囲気《ふんいき》だけでも楽しんでいきなよ」

「いいの？　そんなことしても」

ミシャールの提案に、美咲は目を瞠《みは》った。

「今日は混《こ》んでないし、僕たちだけのテーブルなら勝手なルールでも、別にいいんじゃない？　誰に迷惑《めいわく》をかけるわけじゃないんだから。ちょっと訊いてみようか？」

「えっ、別にそこまでしなくても……」

引き止める間もなく、ミシャールはルーレットの台にいたスタッフに話しかけに行ってしまった。ハラハラと見守っていると、ミシャールと話をしていたディーラーが鷹揚《おうよう》に頷《うなず》くのが見えた。多分、了承《りょうしょう》したといった趣旨《しゅし》のことを云ったのだろう。

「大丈夫だってさ、美咲」

「でも、本当に俺、ルールわかんないんだけど！」

「ルーレットなら簡単だよ。数字は抜《ぬ》きで、赤か黒か当てるだけなら難しいことなんてないだろ？　気分を味わうだけなんだから、細かいルールなんて気にしなくていい」

「うん、それなら俺でもできるだろうけど……」

ちらりと秋彦を窺《うかが》うと、笑《え》みが返ってくる。

「ミシャールもこう云ってるんだ、ちょっとだけやっていったらどうだ？」

「九回勝負で当たりが多かったほうが勝ちってことでどうかな」

「わ、わかった」

悩《なや》んだ末に頷くと、ミシャールは顔を綻《ほころ》ばせた。

「じゃあ、決まり。お金の代わりに何か賭けないとつまらないよね。そうだな、僕が勝ったら美咲の唇《くちびる》をもらおうかな」

「えっ⁉」

「おい、ミシャール。それは――」

秋彦の言葉を遮《さえぎ》るように、ミシャールは条件をさらにつけ加えた。

「その代わり、美咲が勝ったら一つだけ美咲の望みを何でも叶《かな》えてあげるよ」

「えーと……」

一方的に勝負の報酬《ほうしゅう》を決められてしまった。ミシャールが本気で云っているのか、冗談《じょうだん》なのか判断がつかない。

ミシャールはコインを手元に引き寄せ、そのうちの九枚をルーレットの前に滑《すべ》らせた。勝負がつくごとに、勝ったほうが一枚ずつコインを取っていこうということなのだろう。

「始めようか？」

ミシャールの一声にディーラーがホイールを回転させ、そこへボールを投入した。バックトラック沿いにボールが転がり、時計回りに回転し始める。

「さあ、どうする？　赤と黒、どっちがいい？」

「え、えっと……じゃあ、黒……？」

「僕は赤だね」

やがてルーレットは勢いが落ちていき、それに従ってボールも八等分されたホイールの周辺に落ちていった。ボールは不規則に弾《はず》み、数字の書かれた枠《わく》の中に落ちる。

ころころと揺《ゆ》れながら収まっていたのは、赤い枠の中だった。

「あ……！」

「僕の勝ちだね」

「うう、負けた……。でも、次こそは……！」

気合いを入れ直して、当たれ当たれと祈《いの》るけれど、負けばかりが込んでいく。五回勝負して、美咲は一回しか当てられなかった。

「えー！　またハズレだ。何でミシャールはそんなに当たるの？」

単純なルールにしてもらって、駆《か》け引きすら必要ない状況《じょうきょう》なのに、五回のうち、一回しか当たりが出ていない。

「マジックじゃないんだ、別に何の種もないよ。でも、僕は生まれつき『引き』が強いみたいなんだよね。お陰《かげ》で会社も上手《うま》く行ってる」

「それじゃ、ミシャールに勝てる気がしないよ」

若くして起業し、成功したミシャールは才能だけでなく幸運にも恵まれているはずだ。金融《きんゆう》業界では一瞬《いっしゅん》の判断が将来を左右するはずだ。その両方を持っているからこそ、会社の代表が務まっているのだろう。

対して、美咲はただの大学生だ。いままで生きてきた中で、真剣《しんけん》勝負などしたことはない。

「お金賭けなくてよかったぁ。やっぱ、俺にはギャンブルって向いてないみたい」

まだ四回残っているけれど、残り全部を当てられるわけはなく、負けは確実だ。逆にそう思うと、気楽になった。

肩《かた》から力を抜き、次の勝負に挑《いど》もうとした瞬間、秋彦が声をかけてきた。

「次からは俺にもやらせてくれないか？　負けっぱなしも癪《しゃく》だからな」

「う、うん、俺はいいけど……」

答えつつ、ミシャールのほうを見る。

「美咲と交代してもいいだろう？」

「かまわないよ、秋彦とも勝負してみたいしね」

「ありがとう。じゃあ、お言葉に甘えて」

ミシャールに了承を得て、秋彦に席を譲《ゆず》る。美咲の代わりにテーブルについた秋彦は、その瞬間ふっと表情を変えた。

「……っ」

遊びのはずなのに、真剣勝負に挑むかのような眼差《まなざ》しだ。

（秋彦さん……？）

気安く話しかけてはならないような雰囲気に、美咲は思わず息を呑《の》む。

ナイフのような雰囲気の秋彦に対し、ミシャールは相変わらず摑《つか》みどころのない態度でテーブルに頰杖《ほおづえ》をついている。

「秋彦は、どっちに賭ける？」

「黒」

「そんなにすぐ決めちゃっていいの？」

「迷ったってしょうがないだろう」

「じゃあ、僕は赤だね」

ディーラーが再びルーレットを回し、ボールを投げ入れた。ドキドキしながら見守っていると、今度は白いボールは黒の枠の中にすっぽりと収まった。

「当たった！」

「まずは一勝だな」

「まだまだこれからだよ」

飄々《ひょうひょう》としているように見えながらも、秋彦は運を自分のほうに引き寄せ、あっという間に挽《ばん》回《かい》してしまった。

「もしかして、同点…？」

いま手元にあるコインを数えたら、ミシャールと同数になっていた。真ん中に残ってるコインは一枚だけだ。

「参ったな。秋彦がこんなに強運の持ち主だってわかってたら、美咲と交代させなかったのに」

悔《くや》しそうに云《い》いながらも、ミシャールの表情は楽しそうだった。

「俺も昔から『運』はいいほうなんだ」

「だろうね。秋彦からは、そういうオーラを感じるよ」

微笑《ほほえ》み合う秋彦とミシャールの間には、何故《なぜ》か張り詰《つ》めた空気が流れている。二人の表情は穏《おだ》やかなのに、周囲の人間は皆《みな》顔を強張《こわば》らせている。

（な、何なんだよ、この緊張感《きんちょうかん》……）

美咲と対峙《たいじ》していたときにはなかったすごみが、ミシャールから漂《ただよ》っている。息をするのを憚《はばか》られるほどの雰囲気《ふんいき》に身を固くするけれど、

「さて、次で最後だね」

「ああ」

「最後は僕が勝つと思うけどね。さあ、秋彦。どちらを選ぶ？」

「そうだな——最後は美咲に選んでもらうかな。美咲、赤と黒、どっちが好きだ？」

急に話を振《ふ》られ、飛び上がらんばかりに驚《おどろ》いた。

「えっ、俺が決めるの!?」

「そうじゃない、どっちの色が好きかと聞いてるんだ。大丈夫《だいじょうぶ》、流れは俺にあるよ」

「え、えっと……じゃあ、黒？」

黒と云ったのは、秋彦のタキシードの色が目に入ったからだ。イメージカラーというわけではないけれど、凛《りん》とした漆黒《しっこく》は秋彦によく似合う。

「俺は黒だ」

秋彦の選択《せんたく》を聞き、ミシャールは鷹揚に頷いて見せる。スタートを促《うなが》されたディーラーが、ルーレットを勢いよく回した。

（黒！　黒、来い！）

ボールは数字を区切る突起《とっき》部に当たり、大きく跳《は》ねた。そして、そのまま放物線を描《えが》くと、赤の十八番にすっぽりと入る。

「！」

負けた、と思った瞬間《しゅんかん》、ボールは予想外の動きをし、手前の黒の六番へと戻《もど》ってきた。ルーレットがゆっくりと速度を落とし、ぴたりと止まったときには黒の枠の中に収まっていた。

勝利を願っていたけれど、いま目にしている光景を俄《にわか》には信じられない。何度も瞬《まばた》きをしながら、秋彦に確認《かくにん》する。

「か…勝ったの……？」

「ああ、俺たちの勝ちだな」

「ホントに…？」

信じられない気持ちで呆然《ぼうぜん》としていると、ミシャールが楽しげな笑い声を上げて、どさりと椅子《いす》の背にもたれかかった。

「あーあ、負けちゃった。ルーレットで負けたことってあんまりなかったんだけど、秋彦はかなりの幸運の持ち主だね」

「負けられない勝負だったからな」

「へ？」

「独占欲《どくせんよく》が強すぎるのも重たいよ？」

「心配には及《およ》ばない。これまでも問題なくやってきている」

二人が何の話をしているのか理解できず、それぞれの顔を交互《こうご》に眺《なが》める。どちらも多くを語らないため、わけがわからなかった。

「さあ、願いごとは何にする？」

「え？」

勝利にただ喜んでいた美咲は、ミシャールからの問いかけにぱちぱちと目を瞬《しばた》いた。

「忘れちゃった？　僕が勝ったら勝利の口づけ、美咲が勝ったら願いごとを一つって云っただろ？　僕なら、けっこう何でも叶《かな》えられると思うよ」

「願いごとって云われても、すぐには思いつかないよ……」

何でも、というミシャールの言葉は誇張《こちょう》ではなく事実なのだろう。

こんな大型客船で常連になるほどバカンスを楽しめる立場にあり、最上級のキャビンに滞在《たいざい》しているのだから、経済的には相当の余裕《よゆう》があるはずだ。

だが、たとえそうだとしても、彼の財力をあてにするような願いなど云いたくない。美咲が答えあぐねていると、秋彦が助け船を出してくれた。

「だったら、俺からの願いごとでもいいか？」

「美咲がいいなら、それでもいいよ」

「秋彦さんに任せる」

自らの優柔不断《ゆうじゅうふだん》ぶりを情けなく感じながらも、秋彦の申し出にほっとする。

「それじゃあ、隣《となり》のバーでカクテルを一杯《いっぱい》ご馳走《ちそう》してもらえるか？」

秋彦が口にした勝利の対価に、ミシャールは拍子抜《ひょうしぬ》けした顔をする。

「そんなのでいいの？　欲《よく》がないなあ。ハーリス、隣でカクテルを頼《たの》んできてくれる？　美咲をイメージしたオリジナルを——そうだな、ここにいるみんなに。もちろん、僕のはノンアルコールで」

指示を受けたハーリスは黙《だま》って軽く腰《こし》を折ると、足音も立てずに隣のバーへと向かった。

「えっ、みんなって……」

混《こ》み合ってはいないとは云え、カジノにはそれなりにたくさんの客がいる。テーブルについているディーラーやウェイターを合わせるとかなりの人数だ。

「せっかくの初勝利なんだからみんなでお祝いしないとね」

「……っ」

ばちっと音がしそうなウインクをされ、ドキリとしてしまう。

ミシャールには、何とも云いがたい妙《みょう》な色気がある。美しい芸術品から目が離《はな》せなくなるような、不思議な引力を感じる。

(何だろう……カリスマ性ってことかな?)

この若さで会社を経営し、大きなお金を動かしているのだから、そうした素質はあって当然だ。どんなに有能でも、人間として魅力《みりょく》がなければ優秀《ゆうしゅう》な部下は得がたいだろう。

「美咲はお酒強いの?」

「ううん、全然! すぐ酔《よ》っ払《ぱら》っちゃうんだ」

「美咲が酔ってるところ、見てみたいな」

「え?」

「保護者として、そうなる前に連れて帰るよ」

「ちぇ、秋彦は厳しいなあ。——あ、ほら来たよ」

ウェイターによって運ばれてきたのは薄《うす》いピンクのカクテルだった。

「わ、綺麗《きれい》だね……」

思わず口をついて感嘆《かんたん》の声が出てしまった。細身のグラスの中で小さな泡《あわ》が弾《はじ》け、その底には何かの花びらが沈《しず》んでいる。

カクテルとしては美しいけれど、自分のイメージと云われるとくすぐったい気分になる。

「桜のリキュールで作ったカクテルだって」

ミシャールが、バーテンダーの説明を日本語に訳してくれた。

「あ…ありがとうございます……」

「ドウイタシマシテ」

金髪碧眼《きんぱつへきがん》のバーテンダーにお礼を云《い》うと、ぎこちない日本語で返してくれた。秋彦はグラスを光にかざし、ピンク色のカクテルを眺めて云う。

「なるほどな。日本のイメージで桜なんだな」

「美咲が可愛《かわい》いからもあるんじゃない？　あの子はまだ子供じゃないのかって、ハーリスがバーテンダーに訊《き》かれたってさ」

「どうせ俺は子供っぽいですよ」

ミシャールが年上に見えるのは仕方ないとしても、未成年に見られたことに軽くショックを受ける。唇《くちびる》を尖《とが》らせて、自虐的《じぎゃく》に云うと秋彦とミシャール両方に笑われた。

「仕方がない、欧米《おうべい》人からは俺だって若く見られるくらいだからな」

「日本人はとくに若く見られるからね」

「早く大人っぽくなりたいなあ」

「大人になんかならないほうがいいよ。どうせ、誰《だれ》だって歳《とし》を取るんだからさ」

「ミシャール……？」

美咲のぼやきに返されたミシャールの言葉は、どこか厭世《えんせい》的な響《ひび》きが籠《こ》もっているように感じた。だが、ちらりと覗《のぞ》いた陰《かげ》りのある表情はすぐに鳴りを潜《ひそ》め、無邪気《むじゃき》な笑《え》みを向けられる。

「さあ、飲んでみてよ。ここのバーテンダーは世界大会で優勝したこともある腕《うで》の持ち主なんだよ。美咲の初勝利に乾杯《かんぱい》」

「あ、ありがとう」

カチン、とグラスを合わせると、底に沈んでいた花びらが頼《たよ》りなげに揺《ゆ》れた。


「疲《つか》れたぁ……」

キャビンに戻ってきた美咲は、ジャケットも脱《ぬ》がずベッドに倒《たお》れ込んだ。ショーやカジノなどで目一杯楽しんできたぶん、すっかり疲れ果ててしまった。

「お疲れ。今夜はちょっと忙《いそが》しかったな。明日《あした》はもう少し、のんびり過ごそうか」

「そうだね、ちょっと欲張《よくば》りすぎちゃったかも」

テンションが上がっていた間は疲労《ひろう》なんて感じなかったけれど、室内で秋彦と二人きりになり、気が抜《ぬ》けた瞬間、電池が切れたかのように手足が重くなった。

(でも、楽しかった)

秋彦と普段《ふだん》はしないような話をしながらディナーを摂《と》り、本場のエンターテインメントを楽しみ、カジノの雰囲気《ふんいき》まで齧《かじ》らせてもらった。

「それにしても、秋彦さんすごかったね。あっという間に負けを取り返しちゃうんだもん。俺は一回しか当たらなかったっていうのに……」

悔《くや》しさを滲《にじ》ませつつぼやくと、秋彦は堪《こら》えきれなかった様子で噴《ふ》きだした。

「お前は勝てると思って勝負をしてなかっただろう？　ああいうのは、当たると信じてないと運は引き寄せられないんだよ」

「だって、初めてだったし……。でも、秋彦さん、やけに真剣《しんけん》じゃなかった？」

お遊びのはずなのに、二人はまるで真剣勝負を行っているかのような張り詰《つ》めた空気を纏《まと》っていた。気安く話しかけられない雰囲気に、美咲まで緊張《きんちょう》してしまった。

「そりゃ、負けられない勝負だったからな」

「え？」

どさりとベッドに腰を下ろして告げた秋彦を驚《おどろ》きの眼差《まなざ》しで見上げる。けれど、寝転《ねころ》がったままでは秋彦の表情は窺《うかが》えなかった。

「わかってるのか？　俺がお前の唇を守ったってこと」

「で、でも、あれって冗談《じょうだん》だったんじゃ…？」

慌《あわ》てて起き上がって問うと、秋彦は眉根《まゆね》を寄せた。

「ミシャールがそう云ったか？　冗談だと思ってたのはお前だけだ。あいつが口先だけのことを云うようなタイプか」

「じゃ、じゃあ……」

「俺がみすみすお前の唇を他人に許すわけがないだろう？」

「……っ」

嫉妬心《しっと》を隠《かく》しもしない秋彦の言葉に赤くなる。あのとき、秋彦がクールな表情の下でこんなことを考えていたなんて、気づきもしなかった。

最近はこんなふうにストレートに妬《や》いていると告げられたことはなかったため、どう反応していいのかわからない。

体が熱いのは、カジノで飲んだカクテルのせいだ。そう思い込もうとしたけれど、おずおずと顔を上げた瞬間《しゅんかん》に視線がかち合い、さらに顔が熱くなった。

いたたまれなくて目を逸《そ》らした美咲に、秋彦は涼《すず》しい顔で告げてくる。

「代わりに、勝利の口づけは俺がもらっておこう」

「はい⁉」

「いまさら照れることないだろうが」

「だ、だって……」

改めてキスをしろと云われるのは、やはり気恥《きは》ずかしい。

普段なら笑い飛ばすか冗談めかして簡単にすることができるかもしれないけれど、いまは意識してしまっていてヘンに緊張してしまう。

「仕方ないな、頬《ほお》で許してやる。ここならお前からでもできるだろう？」

「う、わかった……」

頬ならいいか、と自分を納得《なっとく》させ、秋彦との距離《きょり》を詰める。一瞬、触《ふ》れるだけのキスに、秋彦はあからさまに不満げな顔をした。

「これだけか？」

「いまのじゃダメ？」

「やり直し」

もう一度、秋彦の頬に唇を押しつけ、これで役目を果たしたとほっとした次の瞬間、ベッドに押し倒されていた。

「へ？」

「やっぱり、見過ごせないな。いまみたいなキスをミシャールにしてやるつもりだったのか？」

「やり直せって云ったのは秋彦さんじゃん！」

ミシャールに云われたときは冗談だと思っていたから、そんなことまで考えてはいなかった。

難癖《なんくせ》をつけられた美咲が声を荒《あら》らげるも、秋彦はしれっと屁理屈《へりくつ》で反論してくる。

「それとこれは別問題だ。ハネムーン中に、俺に嫉妬させた責任は重いぞ」

「な、何云って……」

「静かに」

囁《ささや》くような命令に、小さく息を呑《の》む。

「秋彦さ――」

蚊《か》の鳴くようなか細い声で名前を呼んだけれど、全《すべ》て云い終わる前に唇を奪《うば》われた。

「ン、んー……っ」

秋彦の口づけはまるで媚薬《びやく》だ。どんなに固く理性を保とうとしていても、触れただけでその決意は瓦解《がかい》してしまう。

塞《ふさ》がれた唇から舌を差し込まれ、搦《から》め捕《と》られる。触れ合っている部分がぞくぞくと痺《しび》れ、頭の中がぼうっとしてきた。

口腔《こうこう》を掻《か》き回される気持ちよさに思考を手放しかけた頃《ころ》、ようやくキスが解かれた。

「……っはあ、はあ……」

足りなくなった酸素を求め、胸を喘《あえ》がせる。再び顎《あご》を摑《つか》まれ、顔を寄せられ、我に返る。

「秋彦さん、待ってってば！　このままじゃスーツが皺《しわ》になっちゃうよ…っ」

ジャケットも脱がずにベッドにダイブしたのは美咲だけれど、こうなることまで予想していたわけではない。

「大丈夫《だいじょうぶ》だ、この船にもクリーニングサービスはある」

「そういう問題じゃないだろ！　ちょ、ちょっと、待って……っ」

「嫌《いや》だ」

「嫌って、何子供みたいに……んむっ、んんん」

起き上がろうとした体を再びベッドに押しつけられ、ネクタイやベルトを引き抜かれる。秋彦の手を止める間もなく、さっきとは角度を変えて口づけられた。

「んん、んぅ……っ」

反論しかけた唇《くちびる》をまたも塞がれてしまい、言葉が紡《つむ》げなくなってしまう。抗《あらが》う舌はあっさりと搦め捕られ、あっという間に体の芯《しん》を蕩《とろ》けさせられた。

キスの最中に力が入るわけもなく、結局はされるがままになるしかなかった。

「……あ、はっ……」

気づかぬうちにシャツのボタンを全て外されていた。口づけが解けるまでの間、指先で弄《もてあそ》ばれていた乳首《ちくび》は、すでにジンジンと熱く疼《うず》いている。

「美咲はここ弄《いじ》られるの好きだよな」

「そ…れは、秋彦さんがそこばっか触《さわ》るから……っ」

そんなところが敏感《びんかん》になってしまった原因は秋彦にある。初めはくすぐったさばかりだったのに、しつこく弄られているせいで感じやすくなってしまった。

「でも、好きだろ？」

「あ……っ」

痛いくらいキツく摘《つま》み上げられたかと思うと、形を確かめるかのようにそっと撫《な》でられる。

その繰《く》り返しに赤く腫《は》れたそこを舐《な》められた瞬間、上擦《うわず》った声を上げてしまった。

「ひぁ……っ」

秋彦はその小さな粒《つぶ》をキツく吸ったかと思うと、溶《と》けてしまうのではないかと思うほど熱心に舐めてくる。

執拗《しつよう》な刺激《しげき》に腫れぼったくなったそこを甘噛《あまが》みされ、びくんっと体が跳《は》ねた。

それと同時にぞくぞくと駆《か》け抜《ぬ》けた痺れは腰《こし》に響《ひび》いて、体の中心に熱を集める。すでに美咲の昂《たか》ぶりは下着の中で芯を持ち始めていた。

するりとそこを撫でられ、零《こぼ》してしまいそうになった声を必死に噛《か》み殺す。普段《ふだん》とは違《ちが》う場所での行為《こうい》は、どうしても緊張してしまってぎこちなくなる。

「ん…っ、う、く……」

「いつもみたいに声を出せばいいだろう？」

「でも……っあ、ぁん！」

股間《こかん》にぐっと指が食い込み、今度は甘ったるい声が出てしまった。服の上から揉《も》みしだかれ、あっという間に張り詰める。

歯を食い縛《しば》ろうにも、与《あた》え続けられる刺激に喘いでしまって、零れる声を堪《こら》えることはできなかった。

「あ、あ…っ、あ…！」

ウエストを緩《ゆる》められ、ファスナーを引き下ろされる。下着に指をかけられ、少しずらされただけで、反り返った自身が露《あら》わになった。

「もう濡《ぬ》れてる」

「や……っ」

体液が滲《にじ》む窪《くぼ》みを指先で抉《えぐ》られる。秋彦は絡《から》ませた指を上下に滑《すべ》らせながら、先端《せんたん》を口に含《ふく》んだ。口腔の粘膜《ねんまく》の感触《かんしょく》と昂ぶりを舐め回してくる舌の熱さに目眩《めまい》がする。

何度も体を重ねれば、そのうちに慣れて恥《は》ずかしさも薄《うす》れていくものだろうと思っていた。想像していたとおりに慣れたこともあるけれど、恥ずかしさが消えてなくなることはなく、感覚はより研《と》ぎ澄《す》まされて鋭《するど》くなっていき、感じる快感は日増しに膨《ふく》らんでいった。

「……邪魔《じゃま》だな」

そう独りごちた秋彦は美咲の身につけていたズボンや下着を剝《は》ぎ取り、足を大きく左右に押し開いた。

「ひゃ……っ、いや、秋彦さん……っ」

灯《あか》りが煌々《こうこう》とついている場所であられもない格好をさせられるのは恥ずかしい。

自分の体で秋彦が知らない場所は何一つないけれど、はしたなく雫《しずく》を零す自身をまじまじと見られて平気でいられるわけがない。

「おかしいな、ここは早くと云《い》ってるようだが」

「！」

秋彦の揶揄《やゆ》に、カッと顔が熱くなった。反り返ったそこを自覚させようというのか、根本から撫で上げてくる。しかし、次の行為はさらに美咲の体温を上昇《じょうしょう》させた。

「や、あ、あぁ……っ」

熱く脈打つ自身を舐め上げられ、羞恥《しゅうち》に目眩すら覚える。消えてしまいたいほどに恥ずかしいのに、それを凌駕《りょうが》する快感には勝てなかった。

「ぁあ……っ、あ、あ……ッ」

羞恥が感覚を鋭敏《えいびん》にする。舐め上げられ、吸い上げられるたびにいつもよりも高い声が零れてしまう。死ぬほど恥ずかしいのに、嘘《うそ》みたいに気持ちいい。

秋彦は溢《あふ》れた体液を指で掬《すく》い、後ろの窄《すぼ》まりに塗《ぬ》りつけてくる。そこを意識して息を呑むと同時に、中に指先を押し込まれた。

「あ……っ⁉」

長い指が美咲の中を掻き回す。初めは指一本でもキツく感じていたけれど、緊張《きんちょう》が解《ほぐ》れると共にそこも蕩けるように和《やわ》らいできた。

後ろを弄られながら、同時に吸い上げられ、焦燥感《しょうそうかん》が込み上げる。秋彦の頭を押し返そうとしたけれど、指先に力が入らなかった。

「あ、だめ、放し……っ、あ、ぁあ……ッ」

目の前が明滅《めいめつ》し、一瞬《いっしゅん》飛びかけた意識が戻《もど》ってきたときには、達してしまっていた。

絶頂を迎《むか》えた体を持て余し、荒い呼吸を繰り返していたら、秋彦は平然とした顔で美咲が吐《は》き出したものを嚥下《えんか》した。

「……ッ」

あられもない格好の美咲とは対照《たいしょう》的に、タキシード姿の秋彦は襟元《えりもと》すら緩めていない。

「――やだ」

「ん？」

数え切れないほど繰り返した行為だけれど、一糸乱れぬ秋彦の姿に泣き言を口にした。

「……このままじゃやだ」

「俺を焦《じ》らすつもりか？」

「そうじゃなくて……！　秋彦さんも……ちゃんと、脱《ぬ》いでよ……」

自分ばかりが乱れている状況《じょうきょう》が恥ずかしいだけだ。

（だいたい、焦らして楽しんでるのは秋彦さんじゃん）

普段は優《やさ》しすぎるほどの秋彦だけれど、ベッドの中ではときに意地の悪い顔も見せる。美咲を散々恥ずかしがらせては、泣きそうになる寸前まで追い詰《つ》めてくる。

狼狽《うろた》える自分を見て楽しんでいるのがわかっているから、できるだけ動じないようにしてるけれど、秋彦にはどうやったって敵《かな》わない。

「少し待ってろ」

涙目《なみだめ》で睨《にら》む美咲に苦笑《くしょう》し、秋彦はようやく服を脱ぎ始めた。

股関節《こかんせつ》が軋《きし》むほど足を大きく開かされ、深く貫《つらぬ》かれた体はすっかり蕩けきっていた。ゆっくりと揺《ゆ》すられるたびに駆け上がる快感に支配され、指先に力が入らない。

些細《ささい》な振動《しんどう》にすら反応してしまい、そのたびに唇から甘ったるい声が零れてしまう。

「あ…っ、ン、ぁん……っ」

「キツくないか？」

「うん、も、平気……」

美咲の答えに、秋彦は口の端《はし》を上げて笑った。

「だったら、もう加減しなくていいな？」

「っあ⁉」

ぐっと突《つ》き上げられ、大きく喉《のど》を仰《の》け反らせる。秋彦の汗《あせ》ばんだ背中に爪《つめ》を立て、駆け抜けた快感を堪《た》え忍《しの》ぶ。腰を捻《ね》じ込むような動きに、悲鳴じみた声が上がった。

「ぁあ…っ、あっあ、あ……っ」

腰を打ちつけられるたびに、ぐちゅ、ぐちゅ、とローションが音を立てる。部屋の気密性が高いのか、普段とは音の響きが違って聞こえる。

（そういえば――）

この船の部屋の壁《かべ》はどうなっているのだろうか。美咲はふと気になった疑問を口にした。

「ねえ、秋彦さん……俺の声、隣《となり》に聞こえてないよね……？」

一日過ごした中で、隣からの物音が聞こえてきたことはない。心配することはないだろうが、もしかして、という思いが羞恥を煽《あお》る。

隣室《りんしつ》にいるのはミシャールたちだ。間取りを考えると、寝室《しんしつ》同士が隣り合っているわけではないだろう。しかし、一度気になった以上、すぐに忘れることはできなかった。

「さあ、どうだろうな」

「そんな――…っあ!?」

意地の悪い返答と共に、深い場所を突き上げられる。口を手で塞《ふさ》ぎたくても、両手とも秋彦に握《にぎ》られているせいでできなかった。

最奥《さいおう》を突かれた瞬間《しゅんかん》の衝撃《しょうげき》に体が跳ね、背中を大きく撓《しな》らせた。酷《ひど》い圧迫感《あっぱくかん》にシーツを摑《つか》んで耐《た》える。

「俺の腕《うで》の中で、他《ほか》の男のことなんて考えるな」

「ひぁ…っ、あっ、ぁあ……ッ」

美咲が口にした不安が、秋彦を煽ってしまったのかもしれない。

内壁《ないへき》を抉るように突き上げられるたびに体がベッドの上で弾《はず》み、喉の奥からはひっきりなしに嬌声《きょうせい》が零《こぼ》れてしまう。屹立《きつりつ》に擦《こす》られ、粘膜は快感に収縮する。

荒《あら》い呼吸に胸を上下させているせいで唇《くちびる》を閉じることも敵《かな》わず、美咲はただ乱れることしかできなかった。

「は……っ、あ、あぁ……ッ」

激しさを増した律動に責め立てられ、わけがわからなくなっていく。気がついたときには瀬《せ》戸《と》際《ぎわ》に追い詰められていた。

「ああ…っ、も、熱い……溶《と》けちゃ……っ」

「とっくにとろとろになってるよ」

秋彦に与《あた》えられる刺激《しげき》を一つ残らず感じたくて一緒《いっしょ》に腰《こし》を揺すると、美咲を蹂躙《じゅうりん》する動きが一層荒々しくなった。

「ぁあ…っ、だめ、あ、あ、もう、いっちゃう」

「もう少し我慢《がまん》してみろ」

耳朶《みみたぶ》を食《は》まれ、低い囁《ささや》きが吹《ふ》き込まれた。

「そ…なの、無理……っ」

「一緒のほうが気持ちいいだろ？」

「う、ん、やってみる……」

唆《そそのか》されるままに頷《うなず》き、悦楽《えつらく》に溺《おぼ》れそうになるのを我慢する。膨《ふく》れ上がった欲望《よくぼう》がいまにも爆《は》ぜそうになるのを堪《こら》え、激しい律動を受け止めた。

「あ、あっ、や、あぁ……っ」

荒々しい抽挿《ちゅうそう》にさっき以上の愉悦《ゆえつ》を覚え、美咲は無意識に頭を振《ふ》る。繋《つな》がったままの体は、どこまでが自分のものかわからないくらい同じ熱さになっている。

「ひ、あ……っ、ぁン、んん……っ」

蕩《とろ》けた粘膜《ねんまく》を屹立で掻《か》き回しながら、秋彦は深く口づけてくる。何もかも奪《うば》い尽《つ》くしていくかのようなキスに理性の欠片《かけら》さえ消え去った。

搦《から》め捕《と》られた舌をキツく吸い上げられると、呑《の》み込んだ屹立を締《し》めつけてしまう。体の内側で感じる秋彦のそれは凶暴《きょうぼう》に猛《たけ》り、いまにも弾《はじ》けてしまいそうだった。

秋彦の言葉に従って、衝動《しょうどう》を耐えていたけれど、もう限界だった。壊《こわ》れてしまいそうなくらい乱暴な揺さぶりが美咲を天辺《てっぺん》まで追い詰める。

「ぁあっ、あっ、あ——」

絶頂を迎えた体は言葉にならないほどの快感に蕩け、自分のものとは思えない甘くて高い声を零《こぼ》す。

「美咲――」

背中に爪を立てるのとほぼ同時に秋彦も息を詰め、美咲の中で自身を大きく震《ふる》わせる。快感の余韻《よいん》に浸《ひた》りながら、息を切らせてぐったりしていると、秋彦が汗で貼《は》りついた前髪《まえがみ》を指で払《はら》ってくれる。その仕草にふにゃりと口元を綻《ほころ》ばせたら、真顔で問いかけられた。

「まさか、これで終わりだなんて思ってないだろうな？」

「え……？」

「俺に嫉妬《しっと》させた責任は重いぞ」

秋彦の表情には一切《いっさい》の笑《え》みはなく、美咲は夜通し、言葉の意味を思い知らされるのだった。

◆

「おはよう、ミシャール！」

「美咲、おはよう」

あれから毎朝、デッキでミシャールと会うようになった。

秋彦が起きるまでの間、一人で散歩しているのが退屈《たいくつ》だというのもあるけれど、新しい友達ができたことが純粋《じゅんすい》に嬉《うれ》しかったのだ。

この船での旅はあと一週間ちょっとで終わると思うと、これが永遠の別れではないとわかっていても、どうしても淋《さび》しく感じる。

ビジネスで世界中を飛び回っているミシャールの主な滞在《たいざい》先はニューヨークだと云《い》っていた。直行便で十三時間ほどで着くけれど、美咲には気安く訪《おとず》れられるような交通費ではない。

（メールなら一瞬《いっしゅん》で着いちゃうけどさ……）

旅先で、こんなにも別れがたく思う友人ができるなんて思いもしなかった。こんな出逢《であ》いはなかなか得られないものだろう。

湿《しめ》っぽくなりそうな気分を押し殺し、クールダウンのための柔軟《じゅうなん》体操をしているミシャールに笑顔を向ける。

「ミシャール、今日のトレーニングはもう終わり？」

「ああ、今朝はもう三周走ったから充分《じゅうぶん》だよ」

そう云いながら、ミシャールは体を深く折った。がっちりとした筋肉質な体なのに、びっくりするほど柔《やわ》らかく、長い足が一八〇度近く開くのだからすごい。

「そうだ、昨日はごちそうさま。本当によかったの？　あんなにいっぱいご馳走《ちそう》になっちゃって……」

昨夜はミシャールたちの招待を受け、彼らの部屋でディナーをご馳走になった。テーブルが部屋にセッティングされ、レストランの責任者がわざわざ給仕《きゅうじ》までしてくれた。

前菜からデザートまでかなりの量だったけれど、飽《あ》きの来ないメニュー作りになっていて、少し食べすぎてしまった。

「何云ってるんだよ。僕が招待したんだから、当たり前だろ？」

あとから、ディナーの席で開けられたシャンパンの価値を秋彦に教えてもらって驚《おどろ》いた。飲む前に推定金額を聞いていたら、きっと味など何もわからなかったに違《ちが》いない。

しかも、ミシャールもハーリスも飲酒はしないらしく、美咲たちのためだけに開けてくれたのだ。気を遣《つか》わないですむように、と部屋でのディナーにしてくれたのだが、レストランで席を設けるよりもよほど贅沢《ぜいたく》だったのではと、あとから気がついた。

「今日はマイアミに寄港するみたいだけど、ミシャールはどうするの？」

「ランチは外に行こうかと思ってる。美咲たちは何か予定立ててるのかい？」

「うん、せっかくだし街中を見て回ろうかって話してるんだ」

今回のクルーズの航路はカリブ海に浮《う》かぶ島々の主要な港を巡《めぐ》るものだ。マイアミでの寄港は主に、新しい食材を積み込むためのものらしい。夕方には出港してしまうため、のんびりとはしていられないけれど、街の雰囲気《ふんいき》を楽しむことくらいはできる。

「そうだ、ランチは待ち合わせして食べようか。ビーチが見えるオープンカフェがあって、そこの魚料理が絶品なんだ」

「へえ、そうなんだ。部屋に戻《もど》ったら秋彦さんに相談してみるね。でも、美味《おい》しいものばっかりで太っちゃいそうだよ」

「だったら、明日《あした》から美咲も一緒に走るか？」

「そうしようかなぁ。ちょっとくらい運動したほうがいいよね」

最初はデッキで体を動かしている人の多さに驚いたけれど、船での生活を体験してみて彼らの気持ちがよく理解できた。いくら船内が広いと云っても、歩く距離《きょり》には限界がある。日常生活では自覚している以上に動いているものだと思い知った。

初めから三周も四周も走るのは無理だけれど、まずは始めることが大切だ。トレーニング用のウェアもシューズも船内の売店で売っていたから、あとで買いに行ってこよう。

「あ、陸が見えてきたよ！　あそこに見えるのってどの島なんだろう？」

「──美咲」

「何？」

海の向こうに見えてきた島々に目を奪われていた美咲は、ミシャールの呼びかけに振り向いた。予想外に真面目《まじめ》な表情のミシャールに戸惑《とまど》っていると、不安げな声音《こわね》で切り出される。

「美咲に話しておきたいことがある。いままで、黙《だま》ってたことがあるんだ」

「話しておきたいこと…？」

「大事な人にしか教えられない、僕の秘密」

「えっ……秘密って、そんなこと俺に云っちゃっていいの？」

「美咲だから、聞いてもらいたいんだよ」

「わ、わかった」

唐突《とうとつ》な告白に面食《めんく》らったけれど、ミシャールの真剣《しんけん》な面持《おもも》ちに美咲も真顔で頷いた。誰《だれ》かに聞かれでもしないかと周囲を見回すと、いつの間にかトレーニングをしていた人たちはいなくなっており、遠くで海を眺《なが》めている夫婦《ふうふ》しか残っていなかった。

ミシャールは一度躊躇《ためら》いを見せたあと、思いきった様子で口を開いた。

「すぐには信じてもらえないかもしれないけど──僕は、中東のとある国の王族なんだ」

「……え？」

普段《ふだん》はあまり耳にしない単語が聞こえ、頭の中で音を漢字に変換《へんかん》するのが遅《おく》れてしまった。

戸惑う美咲に、ミシャールは詳《くわ》しい説明をつけ加えてくれる。しかし、美咲には聞いたことのない国名だった。

「あまり有名じゃないから美咲は知らないだろうね」

「うん、ごめん、地理は苦手で……」

必死に考えても、中東の地図すら頭の中に浮かんでこない。こんなことなら、もっと真面目に勉強しておくんだった。

「仕方ないよ。僕の国はもし地下資源がなかったら、食べていくのも苦しいくらいの本当に小さな国だから」

「えーと、つまり、ミシャールはアラブの王子様ってこと？」

色んなややこしいことは全《すべ》て取り除き、自分でも理解できる単語に変換する。美咲の俗《ぞく》っぽい言葉に、ミシャールは小さく笑った。

「端的《たんてき》に云うと、そうなるね。兄弟の中では一番年下だから、継承《けいしょう》権なんてないに等しいんだけど」

「そうだったんだ……。初めて会ったとき、絵本の中から出てきた王子様みたいだなぁって思ってたけど、本物の王子様だったんだね」

所作がスマートなのは育ち故《ゆえ》だったのだろう。美咲の反応が思っていたよりもあっさりしていたのか、ミシャールは意外そうな顔をした。

「驚いてるよ！　俺、初めて本物の王子様に会ったんだもん。ていうか、俺、何かおかしい？」

ミシャールが嬉しそうな顔をしているような気がして、首を傾《かし》げる。

「美咲のような反応をされたのは初めてだから、僕のほうが驚いたよ」

「何で？　どっかヘンだった？」

「これまではすぐには信じてくれない人ばかりで、冗談《じょうだん》を云っていると思われることが多かったんだ」

「確かに世界が違う感じで、冗談に聞こえるかも。でも、ミシャールを見てたら、王子様って云われたほうがしっくり来るよ」

ノーブルな雰囲気の中に時折見せる無邪気《むじゃき》さは、その生まれによるものだったのだろう。ずいぶん育ちがいいと思っていたけれど、王族なら当たり前だ。

美咲が一人で納得《なっとく》していたら、ミシャールはほっと胸を撫《な》で下ろす様子を見せた。

「……よかった」

「え？　何が？」

「本当のことを告げたら、どんな反応をされるかと思って、すごく緊張《きんちょう》してたんだ」

「どんなって……？」

自分では充分すぎるほど驚いているつもりだったので、ミシャールの想像していた反応というものが想像できない。

「僕が王族だとわかると、それまで気さくに話をしてくれていた人も急にかしこまってしまったり、気安く誘《さそ》ってくれなくなることが多かったから。逆にヘンに取り入ろうとしてきたりね」

ミシャールは辛《つら》い過去を思い出しているのか、どこか淋《さび》しげな表情だった。

「そっか、王子様って大変だよね……あっ、俺、何か失礼なこと云《い》ってた⁉ 俺、空気読めないときあるから」

大抵は笑って許してもらえるけれど、たまに取り返しのつかない失言をして相手を怒《おこ》らせてしまうこともある。

「大丈夫《だいじょうぶ》だよ。美咲はそのままでいてくれ」

「うん？」

よくわからないまま、ミシャールの言葉に頷《うなず》く。ミシャールが王子だからと云って、友達関係が変わることはない。美咲にとって、ミシャールはミシャールだ。

「美咲と友達になれてよかった」

晴れやかな笑顔《えがお》は、青空に上った太陽以上に眩《まぶ》しかった。

プールで一泳ぎすると云っていたミシャールと別れ、一人キャビンに戻ってきた。秋彦を起こさないよう、そーっとドアを開けて室内に入る。

「ただいまー…」

「おかえり」

小声で告げた言葉に、返事があったのは予想外のことだった。

「あれ？　秋彦さん、もう起きてたの？」

部屋に戻ると、秋彦が目を覚ましていた。普段ならまだ眠《ねむ》りの底にいるはずなのに、今日は珍しく早起きだ。

「ああ、お前が部屋を出て行ってすぐにな」

「ごめん、俺うるさかった？」

「いや、そうじゃない」

「秋彦さん？」

今日の秋彦はどことなく、機嫌《きげん》が悪いようだった。寝起《ねお》きはいつもテンションは低いけれど、こんなふうに剣呑《けんのん》な雰囲気を纏《まと》っていることはない。

「今日もミシャールと会ってたのか？」

「うん。色んな話してきたよ。ミシャールって実はね――」

王子様なんだって、と云おうとして寸前で思いとどまった。秋彦なら他言はしないけれど、ミシャールに教えてもいいかという許可を取っていない。

「どうした?」

「ううん、やっぱり何でもない! そういえば、今日は陸地が見えたよ。ミシャールもマイアミで下りてお昼食べるから、待ち合わせして一緒《いっしょ》にどうかって。美味《おい》しい魚料理のお店を知ってるんだって!」

「………」

「秋彦さん?」

無言のままの秋彦の顔を覗《のぞ》き込む。

「美咲、こういうことは、あまり云いたくないんだが……」

「うん?」

云いにくそうにしている秋彦の言葉を待つ。その表情は珍しく苦いものを滲《にじ》ませている。躊躇いがちに切り出されたのは、信じがたい忠告だった。

「――ミシャールとは二人きりで会うな」

「どういうこと…?」

「お前が心配だと云ってるんだ。あいつと会うのは俺が一緒にいるときにしろ」

「何云ってるんだよ、秋彦さん。ミシャールは友達だよ？　何が心配だっていうわけ？」

「具体的なことは云えないが、何となく嫌《いや》な予感がするんだよ。念のため、二人にならないように気をつけてくれ」

「何となくで人のことを悪く云うなんて、どうしちゃったんだよ秋彦さん！」

秋彦の言葉がショックだった。

「絶対に会うなと云ってるわけじゃない。人目のないところで、二人になるなと云ってるんだ」

「それってミシャールのことを怪《あや》しんでるってことだろ!?　秋彦さんが嫉妬《しっと》する気持ちは俺にだってよくわかるけど、ミシャールは秋彦さんにとっても友達じゃないの？」

妬《や》いてくれるのは嬉《うれ》しいけれど、友達を疑われるのは気分のいいことではなかった。

「友人だと思ってる。だけど、これは別問題なんだ」

秋彦の物云いも、どことなく歯切れが悪い。

「何が別だって云うんだよ！　全然わかんないよ!!」

もどかしさに叫《さけ》ぶように訴《うった》えたら、秋彦の声音《こわね》が一層低くなった。

「美咲は俺とあいつのどっちを信用するんだ？」

「……ずるいよ。俺の答えがわかってて、どうしてそういう訊《き》き方するわけ…？」

「美咲、俺は――」

「ごめん、ちょっと一人になって頭冷やしてくる」

秋彦の言葉を遮《さえぎ》り、美咲は部屋を飛び出した。呼び止める声を振《ふ》り切るように、長い廊下《ろうか》を走った。途中《とちゅう》で振り返り、追いかけてきていないことを確認《かくにん》し、速度を落とす。

いま歩いている場所がどこなのか、自分でもよくわからなくなっていたけれど、いまはそんなことどうでもよかった。

「……ケンカ、しちゃった……」

どうして、という言葉が頭の中でぐるぐると回っていた。秋彦もミシャールとは気が合っているように見えた。それなのに、あんなふうに云うなんて何を考えているのだろう。

（秋彦さんとケンカしたいわけじゃないのに）

普段《ふだん》は大学の講義やアルバイトに追われ、秋彦も締《し》め切りが迫《せま》ると書斎《しょさい》からほとんど出てこなくなり、すれ違《ちが》う生活が続いたりする。

だからこそ、旅先でそのすれ違いを埋《う》めようと思っていた。それなのに、秋彦の言葉の真意も確かめず、ケンカをしてしまった。

「はあ……」

長い廊下を歩いているうちに、美咲の胸に反省の気持ちも浮《う》かんできた。

新しい友達ができたことに浮かれて、ミシャールの話ばかりしていたかもしれない。それを秋彦が快く思わなくても当然のことだ。

（……俺ってダメだなぁ）

もし美咲が逆の立場だったら、もっと早く拗《す》ねていただろう。自分のほうをもっと見てくれと、駄々《だだ》を捏《こ》ねていたはずだ。ミシャールを悪く云われたように感じて、過剰《かじょう》に反応してしまったけれど、もっと落ち着いて話し合うべきだった。

そうすれば、秋彦の発言の意図もわかっただろうし、ミシャールへの誤解も解けた可能性だってある。

「……ッ」

「あっ……すみません！」

ぼんやりしていたせいで、廊下の角を曲がったところで誰《だれ》かにぶつかってしまった。泣きそうになっている顔を見られたくなくて顔を背《そむ》けて行こうとしたら、突然《とつぜん》手首を掴《つか》まれた。

「美咲、どうしたんだ？」

「ミシャール!?　ミシャールは何でこんなとこに……？」

「この先にシャワールームがあるんだ。それよりどうしたの、そんな泣きそうな顔して」

堪《こら》えていた衝動《しょうどう》が、見知った顔に緩《ゆる》んでしまっていたようだ。

「俺……俺……」

溢《あふ》れ出してくる気持ちのせいで、上手《うま》く言葉が出てこない。ミシャールは涙目《なみだめ》になっている美咲の肩《かた》に腕《うで》を回し、優《やさ》しく語りかけてきた。

「お茶でも飲もうか？　温かいものを飲めば、少し落ち着くよ」

「ごめん、何か、みっともないとこ見せてるよね。俺のほうが年上なのに」

「友達を慰《なぐさ》めるのに、歳《とし》なんて関係ないだろう？　ほら、おいで」

招かれて連れて行かれたのは、ディナーに足を運んだレストランのVIPルームだった。個室になっていて、内側からは紗《しゃ》のカーテン越《ご》しに外の様子が見えるけれど、客席からは中が見えないようになっていた。

「ここなら誰にも話は聞かれないよ」

「こんな部屋があったんだね……」

「一般客《いっぱんきゃく》は入れないんだけど、今日は特別にね」

どこに行ってもミシャールが特別待遇《たいぐう》なのは常連客だからというだけでなく、『王子』だからという理由もあったのだろう。

「何飲む？　コーヒーでいい？　こういうときは、甘いミルクティーのほうがいいかな」

「あ、うん、お願いします」

すぐに運ばれてきたミルクティーは、大きなカップになみなみと入っていた。ミシャールが角砂糖を入れて、混ぜてから手渡《てわた》してくれる。

「ありがとう……」

両手でカップを包み込むように持つと、強張《こわば》っていた心が解《ほぐ》れていくような気がした。ミシャールに見守られる中、一口啜《すす》る。優しい甘さと芳醇《ほうじゅん》な香《かお》りが口の中にふわりと広がった。

「美味しい」

「少し落ち着いた？」

「うん……ごめんね、迷惑《めいわく》かけちゃって」

「迷惑だなんて思うわけないだろ。何があったの？　嫌じゃなければ、話を聞かせて？」

「……秋彦さんと、ケンカしちゃって……」

「秋彦とケンカ？　何が原因で？」

「それは――」

秋彦に云《い》われたことを素直《すなお》に云うべきかどうか悩《なや》む。そのままの言葉で伝えたら、ミシャールを傷つけてしまうことになりかねない。考えた末、美咲は言葉を濁《にご》すことにした。

「意見がぶつかっちゃって。それで頭に血が上って飛び出してきちゃったんだけど、もっと秋彦さんの話を聞いてみてから、よく話し合えばよかったなって、後悔《こうかい》してるところ」

「話し合う？　意見が違うのに、話し合っても仕方ないだろう？」

「そんなことないよ。譲《ゆず》れない部分は仕方ないけど、詳《くわ》しく聞いてみたら、理解し合えることだってあるかもしれないし」

「そうやって譲歩《じょうほ》し合うというのは、日本人らしい考え方だな」

「そ、そうかな？」

「話し合っても歩み寄れなかった場合はどうするんだ？」

「どうするって、話し合い続けるしかないと思うけど。相手の考え方を受け入れられなくても、理解することはできるだろ？」

「なるほどな」

感心してくれるミシャールに、美咲は苦笑《くしょう》を零《こぼ》す。偉《えら》そうなことを云っているけれど、言葉どおりのことを実践《じっせん》できているわけではない。

「――って云っても、すぐにそんな冷静になれるわけじゃないから、こうやって部屋を飛び出してきちゃったわけだけど。でも、ミシャールと話してたら、気持ちが落ち着いてきた。ありがとう、ミシャール」

こうして口に出して話すことで、絡《から》み合っていた気持ちや考えが整理できた。きっと、一人でうじうじと考えていたら、もっと気が滅入《めい》っていただろう。

心からの礼を云うと、ミシャールは美咲の隣《となり》に座り直し、膝《ひざ》に置いていた手を握《にぎ》ってきた。

「み、ミシャール…？」

「……本当は最終日に云おうと思っていたんだけど」

「何を？」

手を握られたまま、まっすぐ見つめられる。その怖《こわ》いくらい真剣《しんけん》な眼差《まなざ》しに戸惑《とまど》っていると、熱の籠《こ》もった声音で告げられた。

「美咲のように聡明《そうめい》な人に傍《そば》にいて欲しい。美咲、僕のパートナーになってくれないか？」

「はい？」

何を云われているのかすぐには理解できず、何度も目を瞬《しばたた》く。

（パートナーって、何？）

混乱する頭で和訳を思い出す。協力者や仲間、共同出資者という意味があったはずだ。しかし、大学生の美咲に出資などできるはずもない。

「で、でも、俺、パートナーって云われても、経済とか投資とかよくわかんないし」

「そうじゃない。仕事ではなく、人生のパートナーになって欲しいんだ」

「え…ええと、ごめん、意味がよくわかんないんだけど……」

ミシャールの説明に、さらにわけがわからなくなってしまった。パニックになっていると、もっと直截《ちょくせつ》的な言葉を云われた。

「秋彦ではなく、僕を選んで欲しいって云ってるんだよ」

「…………え!?」

ようやく、云わんとしている意味がわかったけれど、ミシャールがどういう気持ちでいるのか、その表情から量ることはできなかった。

「返事はすぐにとは云わない。よく考えてくれないか？」

「あの、でも、俺には――」

「ああ、カップが空になってるね。おかわり持ってきてもらおうか」

「あ、いや……ありがとう……」

もういいと云う前に、ミシャールはウェイターに追加を頼《たの》んでしまった。ＶＩＰルームの中は、気まずい沈黙《ちんもく》に包まれた。

沈黙が続く中、美咲は必死に頭の中を整理する。

いったい、ミシャールはどういうつもりで『パートナー』になってくれと云っているのだろうか。ミシャールから、恋愛《れんあい》感情のようなものは感じたことはない。だからこそ、秋彦の忠告にあれだけ反発したのだ。

（……もしかして）

ミシャールは同世代の友達は初めてできたと云っていた。子供が友達に覚えるような独占欲《どくせんよく》を覚えているのだと考えると一番しっくりきた。

自分と一番仲のいい友達が他《ほか》の子と遊んでいるのを見て、悔《くや》しい気持ちになる年頃《としごろ》がある。大好きな友達だからこそ、みんなで遊ぶのではなく、独《ひと》り占《じ》めしたくなってしまうのだ。

秋彦が「二人きりになるな」と云っていたのは、ミシャールのそんな気持ちに気づいていたからだったのだろうか。

顔を上げてミシャールの表情を窺《うかが》おうとした瞬間《しゅんかん》、扉《とびら》がノックされた。

『お待たせしました』

新たに運ばれてきたのは、芳《こう》ばしい香りを立てるコーヒーだった。二つのカップがテーブルにセットされると、ミシャールはさっきと同じように砂糖を入れて混ぜてくれた。

飲みたい気持ちはあまりなかったけれど、せっかくの厚意《こうい》を無駄《むだ》にするわけにはいかず、カップに手を伸《の》ばす。

(ん？ 何か苦いような……)

ミルクが入っていないせいか、飲んだあと舌の上に苦さが残った。ローストが強い豆を使ったのかもしれないと思い、我慢《がまん》して啜る。

半分ほどになったカップをソーサーに戻《もど》し、思いきって口を開いた。

「ミシャールのことは大事な友達だと思ってるけど、そういう意味でミシャールを選ぶことはできないよ。俺を評価してくれてる気持ちはすごく嬉《うれ》しいんだけど、俺には……秋彦さんがいるから」

どんなに酷《ひど》いケンカをしたって、秋彦との誓《ちか》いは絶対だ。あの日、教会で口にした言葉や胸に抱《いだ》いた決意は、少しも違《たが》えるつもりはない。一生を共にするのは、秋彦以外は存在しない。

「――美咲はそう云うと思った」

「ごめん、ミシャール……」

「いいんだ、美咲の答えはわかってたから。それでも、僕の気持ちを先に知っていて欲しかったんだ」

云い回しが少し気になったけれど、追及《ついきゅう》しても藪蛇《やぶへび》になるだけだ。これ以上二人きりでいると、さらに空気が重くなっていってしまう。

「お茶、ご馳走《ちそう》さま。俺、そろそろ行かないと。秋彦さんも心配してるだろうし」

「…………」

断りの言葉を告げ、席を立とうとした瞬間、ぐらりと体が傾《かし》いだ。思わずたたらを踏《ふ》んで、ソファの肘掛《ひじか》けに摑《つか》まる。

「あれ…？」

踏ん張ろうとした足に、何故《なぜ》か力が入らなかった。その上、寝不足《ねぶそく》でもなければ、風邪《かぜ》も引いてないのに、頭の中が揺《ゆ》れている。

(目眩《めまい》がする……？)

すとん、とソファに腰《こし》を落とすと、穏《おだ》やかな笑《え》みを浮《う》かべたミシャールの顔が目に入った。

「何か、いきなり、眠《ねむ》くなってきたんだけど……」

「眠いのなら、眠ってしまえばいい。ほら、目蓋《まぶた》が重くなってきただろう？」

「でも……秋彦さんのところに……戻ら…ないと……」

全身から力が抜《ぬ》けていき、まっすぐ座っていることさえできなくなってきた。必死に体勢を立て直そうとするのに、もがけばもがくほどソファにくずおれていく。

「おやすみ、美咲。いい夢を」

「ミシャール……?」

優《やさ》しく頭を撫《な》でられ、そっと目蓋を閉じさせられる。視界が暗くなると共に、美咲の意識は深い眠りへと引き摺《ず》り込まれていった。

◆

「……ん、眩《まぶ》しい……」

窓から差し込む強い日差しに、眉根《まゆね》を寄せる。まだ眠っていたい気持ちはあったけれど、いつまでもベッドにいるわけにはいかない。

腕《うで》でベッドを押して起き上がり、まだはっきりと開かない目を指で擦《こす》る。

「あれ……？」

キャビンの寝室《しんしつ》にいると思い込んでいた美咲は、見知らぬ部屋の光景に目を瞬いた。何度見回してみても、見覚えがない場所だ。

何十畳《じょう》もありぞうな一室の真ん中に天蓋《てんがい》つきのベッドがぽつんと置かれている。どう考えても、船の中ではなさそうだ。

（ここ、どこなんだろう……？）

船上では近くに感じていた潮の香《かお》りがしない。その代わりに、甘ったるい香りが漂《ただよ》っていた。

香りの元は枕元《まくらもと》に飾《かざ》ってある花のようだ。詳《くわ》しい種類などはわからないけれど、南国に咲《さ》く花だったような記憶《きおく》がある。

どこかのホテルかとも考えたけれど、それにしては異様に広すぎる。

「……ていうか、何でこんなところにいるんだ？」

ミシャールと共に、船内のレストランのVIPルームでお茶を飲んでいたことまでは覚えている。彼の誘《さそ》いを断り、席を立とうとしたとき、急に眠くなったのだ。

(秋彦さんはどこにいるんだろう……)

もしかすると、急に意識を失った美咲を心配して、陸に移したという可能性もある。手元に時計がないため時間がわからないのだが、ずいぶん長い間眠っていたような感覚だ。

ベッドの上で頭の中を整理していると、長い黒髪《くろかみ》をお下げにした女の子が花を抱《かか》えて部屋に入ってきた。部屋に置かれた花瓶《かびん》の花を生け替えに来たのだろう。

「ねえ、ここってどこだかわかる？」

「！」

美咲が起きていることに気づくと、仔兎《こうさぎ》のように逃《に》げてしまった。追いかけようとしたけれど、起きたばかりの体は機敏《きびん》に動いてくれなかった。

「あ、ちょっと…！　あー…行っちゃった……」

彼女の去ったあとには、花びらが散って落ちている。これを辿《たど》っていけば捕《つか》まえられそうだけれど、あの様子では何を訊《き》いても話にならないだろう。

「困ったな……」

呟《つぶや》いた途端《とたん》、ぐーとお腹《なか》が鳴った。空腹を感じた瞬間、花の香り以外の匂《にお》いに気がついた。

室内を再度見回すと、テーブルに軽食が載《の》っていた。

「これ、食べていいのかなぁ？」

クッキーを摘《つま》んで、匂いを嗅《か》いでみる。ヘンな匂いはしなかったため、思いきって口に入れてみた。

「！　これって――」

クルーズ初日、ミシャールの部屋でご馳走になったクッキーと同じ味がした。ということは、ここはミシャールに関係する場所ということだろうか。

「お目覚めのようですね、美咲様」

自分の置かれた状況《じょうきょう》を必死に推察していたら、民族衣装を身につけたハーリスが現れた。スーツも似合っていたけれど、いまの格好のほうがしっくり来る。

「ハーリスさん！　あの、ここどこなんですか⁉　船の中じゃないですよね？　秋彦さんはどこにいるんですか？」

「一つずつご説明いたしますので、お待ち下さい。いま、お茶をお淹《い》れしますね」

テーブルの横に置かれた椅子《いす》を引かれ、座るよう促《うなが》される。本当ならお茶を飲んでるような心の余裕《よゆう》なんてなかったけれど、有無《うむ》を云《い》わせぬ眼差《まなざ》しには逆らえなかった。

大人しく席に着き、ハーリスの手元を見つめながら、もう一度質問する。

「ここはどこなんですか？」

「とある島にある別荘《べっそう》、としか……」

「別荘っていうのは、ミシャールのってことですよね？　俺はどうやって連れてこられたんですか？」

「失礼ながら、マイアミに停泊《ていはく》したときに一緒《いっしょ》に下ろさせていただきました。よく眠っておられましたので」

「もしかして、俺何か飲まされました？」

「ミシャール様がコーヒーにご自身に処方されているものを入れたとおっしゃっていました」

「やっぱり……」

あの不可解な眠さには原因があったのだ。多分、VIPルームで飲んだコーヒーに混ぜられていたのだろう。普通《ふつう》よりちょっと苦い気がしたけれど、飲んだときはそういう味なのだろうと思っていた。

（つまり、これってミシャールに誘拐《ゆうかい》されたってことだよね？）

美咲がミシャールを選ばなかったから、問答無用で連れてきたというところだろう。彼の誘いを断ることで、こんな強硬《きょうこう》手段に出られるとは思わなかった。

「ミシャールはどこにいるんですか？　話をさせて下さい」

「申し訳ありません。ミシャール様はいまお仕事でニューヨークの事務所に戻《もど》っておられます。午後には帰ってこられるご予定ですので、それまでお待ち下さい」

「ニューヨークから近いんですか!?」

「ジェット機でしたら数時間ですが、この島に降り立つのはミシャール様のプライベートジェットのみです」

「あー……」

ハーリスの答えにがくりと肩《かた》を落としたけれど、脱出《だっしゅつ》を諦《あきら》めたわけではない。

「あの、電話を貸してもらえませんか？　秋彦さんに連絡《れんらく》させて下さい！」

美咲の身を案じているであろう秋彦に、せめて一報入れておきたい。だが、ハーリスは美咲の頼《たの》みをにべもなく断った。

「申し訳ありません。外部への連絡も禁じられております。秋彦様にはミシャール様がメッセージを残してきたとおっしゃっていましたので、美咲様の安否はわかっておられるはずです」

自分の安否がわかっていたとしても、秋彦は探してくれているはずだ。せめて、声だけでも聞かせて安心させたい。

「結局、俺はいつ秋彦さんのところに帰れるんですか!?」

「当面は無理だとお考え下さい。それと、ここから逃げようとは思われないほうが賢明《けんめい》です。この島は全《すべ》てミシャール様の持ち物ですから、頼《たよ》れるような住人は一人もおりませんので」

「島全部!?」

王子様の常識は、一般《いっぱん》人の美咲には計り知れない。いったい、どのくらいの広さの島なのだろう。外部へ連絡できる他《ほか》の島へ泳いで行ける距離《きょり》ならいいけれど、そんな映画のようなことが上手《うま》く行くとは思えない。

「俺はここで何をすればいいんですか？」

「お好きにお過ごし下さい。長い休暇《きゅうか》だと思っていただければ」

「でも、俺は秋彦さんのところに帰りたいんです！　ハーリスさんからもそう伝えてもらえませんか？」

「ミシャール様は私の言葉など聞き入れて下さいませんよ。本来の私のお役目はただの側仕《そばづか》えですので」

「そんな……」

落ち込む美咲を哀《あわ》れに思ったのか、ハーリスは希望を持たせるような言葉をかけてくる。

「ですが、美咲様のお言葉なら聞く耳を持って下さるかもしれません。時間をかけてお話しすれば、いつか納得《なっとく》して下さるかも——」

「いつかじゃダメなんです！　いますぐじゃないと！」

いま、どんなに秋彦を心配させているかと思うと、胸が押し潰《つぶ》されそうだった。

（ごめん、秋彦さん）

あのとき、反発せずにきちんと話をしていれば、こんなことにはならなかったはずだ。

「申し訳ありません、私にはどうすることも……」

ハーリスもどこか辛《つら》そうだった。

「ミシャールはどうしてこんなことを……」

ため息混じりの呟きに、ハーリスは「個人的な見解ですが」と云ってミシャールの気持ちを教えてくれた。

「美咲様と過ごされた時間がとても楽しかったのでしょう。これまで特定のものに執着《しゅうちゃく》心をお見せになったことはございません。ご幼少の頃《ころ》からわがままなどは一切《いっさい》口になさらない方でしたから、今回のことは私も驚《おどろ》きました」

「だからって、眠《ねむ》らせて連れてくるなんて……!」

「……本当に申し訳ありません」

ハーリスに怒《おこ》っても仕方ないとわかっているけれど、憤《いきどお》りをぶつけたい相手はいまここにはいなかった。

「屋敷《やしき》の中と庭はご自由に散策して下さってけっこうですよ。こちらにいる間、私が美咲様の身の回りのお世話をいたしますので、何なりとお申しつけ下さい。と申しましても、ミシャール様のお許しを得ていることに限られますが」

「あっ、待って下さい!」

呼び止めたけれど、ハーリスは振《ふ》り向きもせずに部屋から出て行ってしまった。

「どうしよう……」

まさか、こんなことになるなんて夢にも思わなかった。いまになって、秋彦の云わんとしていたことの真意がわかっても、どうすることもできない。

(でも、落ち込んでる場合じゃない)

ハーリスは、美咲が話せばわかってくれるかもしれないと云っていた。

敷地内《しきち》では自由にしていいと云われたため、ミシャールが帰ってくるまでの間、屋敷の間取りを把握《はあく》しようと、開き直ってあちこち歩き回った。

南国の植物に囲まれた英国風の建物は、まるで夢の国のようだ。攫《さら》われてきた現実がなければ楽しめたかもしれないけれど、いまはそんな心の余裕はない。

「せめて、メールくらい送れればいいんだけど……。どこかにPC置いてないかなぁ」

株の取引を主な仕事としているミシャールの邸宅《ていたく》にインターネットが引かれていないわけはないはずだ。

ハーリスたちの見張りの目を盗《ぬす》んで、屋敷内を捜索《そうさく》してみれば何か見つかるかもしれない。

「ん?」

プールサイドを歩いていたら、小型ジェット機が轟音《ごうおん》を立てて低空を通過していった。屋敷の北側が滑走路《かっそうろ》になっているようだ。

「もしかして、あれって――」

きっと、ミシャールが帰ってきたに違《ちが》いない。そう思い、屋敷の玄関《げんかん》を目指して走った。建物自体もまるで美術館のように広く、入り組んでいるため、なかなか目的の場所に辿《たど》り着かない。玄関ホールの正面の大階段が見えてきたときには、すっかり息が切れていた。

「あ、ハーリスさんだ」

やはり、帰ってきたのはミシャールなのだろう。玄関前には、出迎《でむか》えのために使用人たちが一列に並んでいた。

ミシャールは白い民族衣装に身を包み、頭布を翻《ひるがえ》しながら屋敷に入ってきた。

まるでスクリーンの中のワンシーンのようで見蕩《みと》れかけたけれど、気持ちを引きしめ、怒《いか》りを込めてその名を呼んだ。

「ミシャール！」

怒りを込めて名を呼んだのに、返ってきたのは満面の笑《え》みだった。

「ただいま、美咲」

「ただいまじゃなくて！　何考えてるんだよ、ミシャール!!」

「何って？」

美咲の憤りすらも楽しんでいる様子で、脱力《だつりょく》しそうになる。

「勝手にこんなところ連れてきて、閉じ込めるなんて何考えてんだって云《い》ってるんだ！」

「閉じ込めてなんかいないだろ？　屋敷の中も庭も好きに見て回ったらいいよ。あ、森の中は迷いやすいから一人では行かないほうがいいな」

「そうじゃなくて！」

怒鳴《どな》ったところで、ミシャールは意に介《かい》さないだろう。深呼吸をして自分を落ち着け、要求を告げる。

「とにかく、秋彦さんに連絡させて。絶対、心配してる」

「大丈夫《だいじょうぶ》だよ。秋彦には美咲はもらうってメッセージを残してきたから。船長にも美咲が下船したことは伝えてあるし、混乱はないよ」

「全然大丈夫じゃないだろ！」

ただの行方《ゆくえ》不明でないだけマシだが、安堵《あんど》できるわけではない。きっと、秋彦は自分の心配が当たってしまったことに苦悩《くのう》しているはずだ。

「定期的に美咲の様子は伝えておくよ。それでいいだろう？」

「よくない！　お願いだから、いますぐ秋彦さんのところに帰らせてよ」

「美咲にはこれからずっと僕の傍にいてもらう。欲しいものは何でも揃《そろ》えるし、行きたいところがあったら連れて行ってあげるよ。秋彦のところ以外ならね」

「ミシャール！」

すたすたとどこかに向かって歩いているミシャールを早足で追いかけていたら、さっきのプールがある庭に面した廊下《ろうか》に出た。

「しばらくプールで泳いでなかったな。一緒《いっしょ》に泳ごうよ、美咲」

「えっ⁉ 俺、水着ないんだけど！」

「このまま入ればいいよ。誰《だれ》も見てないんだし」

ミシャールは自らの頭布を剝《は》ぎ取ると、白い民族衣装を着たままプールに飛び込んでいった。

「うわ…っ」

水の中で上着を脱《ぬ》ぎ去り、水面にぷかぷかと浮《う》いている。

「ほら、美咲もおいで」

ミシャールはそう云って、プールサイドに屈《かが》んだ美咲の手を引っぱった。

「いいってば。俺は見てるだけで――ちょっ、待った！ せめて上だけでも脱……うわあっ」

どぼん！ と派手な音を立てて、美咲はプールに落ちた。想像以上に深く、底に足がつく前に体が浮いてきた。

「ぷは……っ、何するんだよ、ミシャール！」

「あはは、驚いた？」

「ミシャール！ ふざけてないで俺の話を聞けよ‼ わっ」

「話はあとでね」

ミシャールに水をかけられた美咲は、反撃《はんげき》に出た。やられっぱなしでは悔《くや》しい。両手を使ってばしゃばしゃと水を浴びせかけても、楽しそうだった。

「ミシャール様！　あまりおふざけになるのはおやめ下さい」

諫《いさ》めるようなハーリスの声に、ミシャールは笑い声を立てる。

「いいだろ、たまには羽目を外したって。こんなことしたの、生まれて初めてだよ。あ、風呂《ふろ》と着替《きが》えの用意を頼《たの》む」

「かしこまりました。水着もお持ちしますので、お召《め》し替《か》えをしていただけますか」

「わかったわかった。美咲、向こうまで五十メートルあるんだ。競争しないか？」

「だから、俺の話を――」

心から楽しそうな顔で笑うミシャールを見ていたら、怒りきれなくなってしまった。

（……まったく、もう）

自分の主張を聞き入れてもらうには、ミシャールが満足するまで遊ばなければならないのだろうか。長期戦を覚悟《かくご》するべきなのかもしれない。

プールサイドに肘《ひじ》をつき、ため息をついていたら、また後ろから水をかけられた。顔から滴《したた》り落ちる水を手で拭《ぬぐ》いながら振り返る。

「ミシャール、いきなりは卑怯《ひきょう》だろ…っ」

「美咲、もう降参か？」

「誰がそんなこと――」

そのとき、一計が思いついた。ただ頼んだだけでは聞いてもらえないけれど、条件があれば聞く耳を持ってもらえるかもしれない。

「俺が勝ったら、秋彦さんのところに帰してくれるなら勝負に乗る」

挑発《ちょうはつ》してくるミシャールに、そう切り出した。勝負が好きなら乗ってくるはずだ。

「いいよ、美咲が勝ったらね」

「先に降参したほうが負けだからな！」

思惑《おもわく》どおりにミシャールが美咲の提案に乗ってきたことに、心の中でガッツポーズをする。

秋彦の下《もと》に帰るため、美咲は自らに気合いを入れた。

◆

この屋敷《やしき》に来てから、もう一週間は過ぎた。

ミシャールは留守にしていることのほうが多かったが、この別荘《べっそう》にいる間は、ほとんど美咲と遊んで過ごした。

初めてプレイしたと云っていたテレビゲームでさえ器用にコントローラーを操《あやつ》り、あっという間にコツを掴《つか》んでしまった。

美咲にとっては真剣《しんけん》勝負だったけれど、まだ一勝もできていなかった。体力でも知能でも、運でも敵《かな》わない。ミシャールはまさに生まれながらの王子なのだろう。

しかし、ボードゲームやビリヤードに乗馬などで遊んでいるときのミシャールの笑顔はまるで子供のようだった。幼い頃《ころ》にやり残したことを、いまになって取り返しているのだろう。

ゲームに興じながら話をし、状況《じょうきょう》を探《さぐ》っていてわかったのは、やはり秋彦は自分のことを探してくれているということだった。

秋彦がニューヨークの事務所に乗り込んできたと聞いたときは、胸が熱くなった。丁重《ていちょう》に帰ってもらったと云っていたけれど、秋彦がそれで諦《あきら》めたとは思えない。

(俺も諦めてないからな)

ハーリスから、ミシャールの淋《さび》しい生《お》い立ちを聞かされ、同情心は湧《わ》いていたけれど、美咲のいる場所は秋彦の傍《そば》だけだ。どうにかして、この別荘から逃《に》げ出さなくては。

この島には船はほとんど出入りしていないようだった。食料や生活物資は飛行機で届けられ、それ以外は自給自足しているらしい。

島の位置を訊《たず》ねたら、カリブ海に浮かぶ小島の一つだと教えられたけれど、それ以上の詳《くわ》しい情報は与《あた》えてはもらえなかった。

ミシャールが不在のとき、何度か脱走《だっそう》を試みたのだが、そのたびにハーリスたちに連れ戻《もど》されてしまった。そのせいで自由に動ける場所が制限され、見張りも多くなってしまった。

屋敷内をくまなく探したけれど、外と連絡《れんらく》を取れる手段はどこにもなかった。ミシャールの執務《しつむ》室だけは出入りを禁じられ、しっかり鍵《かぎ》がかかっている。

きっと、あの部屋には電話もインターネットも揃っているのだろうが、入り込むことは難しそうだった。

そのため、美咲は作戦を変更《へんこう》した。屋敷内にはない連絡手段も、飛行場にある管制塔《かんせいとう》に行けば何かしらあるはずだ。

敷地《しきち》から抜《ぬ》け出せば、すぐに見つかってしまうだろう。だが、隙《すき》をつけば秋彦の携帯《けいたい》電話にメッセージを残すことくらいはできるかもしれない。

(今日こそ、電話まで辿《たど》り着いてやる)

そのためには見張りの目をかいくぐる必要がある。あからさまな監視《かんし》はついていないけれど、美咲が怪《あや》しい行動をすればすぐに使用人たちからハーリスに報告が行ってしまう。だから、まずは使用人たちの注意から逃《のが》れる必要があるのだ。

「……やるなら今日だよな」

ミシャールは昨夜ニューヨークに泊《と》まりで、別荘には帰ってきていない。ミシャールが帰ってくる前後が一番屋敷内が慌《あわ》ただしくなるため、美咲への注意は薄《うす》れるはずだ。

朝食のあとの紅茶をのんびりと飲むふりをしながら、美咲はチャンスが生まれるタイミングを密《ひそ》かに窺《うかが》った。

「ミシャールはいつ帰ってくるんですか?」

部屋に様子を見にきたハーリスに、何気なさを装って訊《き》いた。

「先ほど事務所を出られたとのことですので、ランチには戻られるかと。プールサイドでお食事をなさりたいとのことですが、何か召し上がりたいものはございますか?」

「そうだなぁ……じゃあ、お刺身《さしみ》! 日本食が恋《こい》しくて。できたら、活《い》きのいいやつでお願いします」

「……料理長と相談して参ります」

お抱《かか》えのシェフが何人かいるのだが、日本食を得意とする料理人はいなかったはずだ。それがわかっていて無茶《むちゃ》なリクエストをしたのは、時間稼《かせ》ぎのためでしかない。

「ミシャールが帰ってくるまでレベル上げしてたいんで、一人にしてもらえますか？　今日こそ勝たないと」

「かしこまりました」

「…………」

ハーリスが部屋から遠離《とおざか》っていくのを気配で確認《かくにん》したあと、こっそりとシーツで作っておいたロープを柱に結びつけた。

ハーリスもまさか美咲が二階から抜け出すとは思ってもいないだろう。念のため、テレビの音を大きくし、デモプレイを流しておく。これでしばらくは美咲の不在に気づかないだろう。

「何か俺、スパイみたいだよなー」

ロープの強度は何度も試《ため》してあるから心配ない。あとはリハーサルなしの本番で上手《うま》く行くかどうかだ。

「よっ…と」

窓の桟《さん》に足をかけ、そろそろと壁《かべ》伝いに下りていく。長くするための結び目を引っかかりにして、何とか一階の窓のあたりまで来ることができた。

中から話し声が聞こえてきたため、息を潜《ひそ》めてやり過ごし、いなくなったところで思いきって地面に飛び降りた。足の裏が痺《しび》れるような衝撃《しょうげき》があったけれど、尻餅《しりもち》をつくことなく脱出《だっしゅつ》の第一段階をクリアできた。

「俺、すげー！　やればできるじゃん‼」

胸の高鳴りを自画自賛でごまかし、自分を奮い立たせる。ロープの回収は諦め、誰《だれ》かに見つかる前にと鬱蒼《うっそう》と茂《しげ》る庭に入り込んだ。

目指すは飛行場にある管制塔だ。一番いいのは、連絡を入れたあと何食わぬ顔で部屋に戻っていることだ。しかし、ハーリスたちもそこまで鈍《にぶ》くはないだろう。

（あの電話が外に繋《つな》がってればいいけど……）

一度、ミシャールに案内してもらったとき、建物の外側に電話があるのを確認してある。もし、あれが使えなかったとしても、建物の中を探せば、連絡手段があるはずだ。

迷子になったふりで見つけ出した最短ルートで庭を抜け、飛行場へ続く道を走った。

どんなに隠《かく》れても、いつかは見つかってしまう。それならば、堂々としていたほうが時間を無駄《むだ》にせずにすむ。

この別荘では、暇《ひま》を持て余《あま》していた美咲はミシャールのいない間、トレーニングをしていた。筋トレのマシーンが置いてある専用のトレーニングルームも併設《へいせつ》されているのだ。

つけ焼き刃《ば》ではあるけれど、少しは体力がついたような気がする。十分ほど走ったところで、飛行場のフェンスが見えてきた。

「あ、ラッキー」

幸いなことに、入り口の鍵が開いていた。中に入り込んだ美咲は、少しでも時間を稼ぐため、内側から南京錠《なんきんじょう》で施錠《せじょう》しておいた。

「飛行場も広いよなぁ……」

日本にある地方の空港くらいの広さはゆうにある。ミシャールに案内してもらったときは、車で回ったため距離《きょり》をあまり感じなかったけれど、こうして見ると管制塔もかなり遠くにある。しかし、遠いからと云《い》って諦《あきら》めては、ここまで来た甲斐《かい》がなくなってしまう。美咲は自分の姿が目立たないよう、フェンス沿いに管制塔を目指した。

「美咲様!」

「あーあ、見つかっちゃった……」

声のしたほうを見ると、フェンスの外側を車が走っていた。助手席に乗っているのは、ハーリスだ。

「ミシャール様がお戻りになる前に屋敷にお帰り下さい!」

「もうちょっとだったのになあ」

今回の計画が失敗に終わったとなると、また違《ちが》う案を練らなければならないということだ。警備も監視もさらに強化されることになるだろう。またあの部屋に戻るしかないかと諦めかけたそのとき、どこからかヘリコプターの音が聞こえてくる。

ミシャールが帰ってきたのかと思い空を見上げると、迷彩色《めいさいしょく》に塗《ぬ》られた大きなヘリコプターがこちらへ近づいてきていた。

先日見せてもらった格納庫には、プライベートジェットの他《ほか》に、ヘリコプターもあった。しかし、そのとき見た機体とはまったく違う。

そのヘリコプターはホバリングし、ゆっくりと着地する。ものすごい風圧に吹《ふ》き飛ばされそうになる体を、両足を地面に踏《ふ》ん張らせて耐《た》える。あまりに唐突《とうとつ》な登場に啞然《あぜん》としていると、勢いよく開いたサイドの扉《とびら》から信じられない顔が覗《のぞ》いた。

「美咲、無事か…!?」

「うそ……秋彦さん……？」

「迎《むか》えに来たよ、美咲」

秋彦は動きを止めたヘリコプターから飛び降り、美咲のほうへと歩み寄ってくる。

「どうやって俺の居場所がわかったの…？」

「愛の力で——と云いたいところだが、専門家に協力してもらった。こうして出逢《であ》えたのは、偶然《ぐうぜん》だけどな。いや、むしろ運命か？」

「秋彦さん……」

秋彦の軽口に、泣き笑いの顔になってしまう。泣きたいくらい嬉《うれ》しいときは、どんな顔をしていいのかわからなくなるのだと初めて知った。

ミシャールが自分に危害を加える心配もなかったし、絶対に秋彦のところへ帰れると信じていた。それでも、心のどこかで心細さを感じていたのだろう。全身から余分な力が抜《ぬ》けていく。

「美咲、大丈夫《だいじょうぶ》だったか？」

「うん、全然平気。俺もちょうど秋彦さんのところに電話しようとしてたところだったんだよ」

美咲の立てた計画は上手くいかなかったけれど、秋彦が迎えに来てくれたのだから結果オーライだ。

「美咲様！　お待ち下さい！」

フェンスの向こうで、ハーリスが必死に引き止めてくる。美咲は後ろを振《ふ》り返り、心の底から謝った。

「ごめんなさい、迎えが来たから帰らないと」

「お願いします。ミシャール様のためにもう少しだけここにいらして下さい」

「俺は――」

自分の気持ちを告げようとした瞬間《しゅんかん》、聞き慣れた音が聞こえてきた。ジェット機が島に近づいてくるときの轟音《ごうおん》だ。別荘《べっそう》でもかなりの騒音《そうおん》に感じるけれど、飛行場にいるとさらに顕著《けんちょ》だ。

轟音に両手で耳を塞《ふさ》いでいると、ミシャールのプライベートジェットは、美咲たちの頭上の

すぐ近くを通り、一番奥の滑走路《かっそうろ》に滑《すべ》り込んでいった。

止まった機体に慌《あわ》ただしくタラップが寄せられていく。きっと、美咲の逃亡《とうぼう》に関して、連絡《れんらく》が行っているのだろう。

「秋彦さん、どうしよう、ミシャールが帰ってきたみたい」

「ちょうどよかった。あいつには一言礼を云っておきたいと思ってたんだ」

「ちょっ…何云うつもりなの!?」

「別に摑《つか》み合いにはならないから安心しろ」

ジェット機から降りてきた人影《ひとかげ》が、カートでこちらへ向かってくる。運転しているのは、ミシャールのようだった。

「美咲！」

「ミシャール……」

猛《もう》スピードでこちらに近づいてきたカートは、急ハンドルを切り、フェンスすれすれのところで止まる。そして、強張《こわば》った表情で降りてきたミシャールは、秋彦のほうへと向いた。

「秋彦、よくここまで来たね」

「美咲を迎えに来ないとならなかったからな。ずいぶん長いこと世話になったが、美咲は返してもらう」

「ダメだ！　美咲は僕の傍《そば》にいるんだ！」

こんなにも余裕《よゆう》のないミシャールを見るのは初めてだった。絞《しぼ》り出すような叫《さけ》びが胸に突《つ》き刺《さ》さる。

「ごめん、ミシャール……俺は帰るよ。秋彦さんのところに」

「行かないでくれ、美咲…！　美咲がいなければ、僕はまた一人になってしまう…！」

泣きそうなミシャールに笑顔《えがお》を向ける。

「ミシャールは一人じゃないよ。ハーリスさんだっているし、ここにはたくさんミシャールのことを心配してくれる人がいるじゃんか」

「！」

「パートナーにはなれないけど、ミシャールは友達だろ？　帰ったら手紙書くね。メールもするし、電話もするよ。ミシャールが日本に来たら、また一緒《いっしょ》に遊ぼう。そしたら、ゲームセンターとか遊園地に行こうよ。ね？」

ミシャールは美咲の言葉に泣きそうな顔をしていた。

「じゃあ、俺もう行くね」

笑顔で別れを告げ、秋彦のほうへと歩き出す。行かないでくれと懇願《こんがん》する声を身を切られるような思いで振り切り、足を速める。

ヘリコプターに先に乗り込んだ秋彦が、美咲へと手を伸《の》ばしてきた。

「来い、美咲！」

秋彦の声に、美咲は助走をつけてジャンプする。そして、秋彦の腕《うで》に摑まると、ヘリコプターに引き上げられた。

「美咲！」

ミシャールの呼び声に振り返ると、白い裾《すそ》をヘリコプターの強い風になびかせながら縋《すが》るような目で美咲を見つめていた。

「ミシャール、またね！」

美咲は動き始めたヘリコプターの音に負けないように声を張る。これが最後の別れではない。会おうと思えばいつでも会えるのだから。

「あっ、でもどこに手紙出せばいいんだろう？　俺、ミシャールの連絡先何も知らなかった…」

「会社の住所はわかるんだ。そこに手紙を出せばいい」

「そっか」

返事が来るかはわからないけれど、日本に帰ったらすぐに手紙を書くつもりだ。クルーズでの礼と、友達への近況《きんきょう》報告を。

「ねえ、俺がいなくなったことにいつ気がついたの？」

「気がついたというより、ミシャールが知らせてきたんだ。港に着いても美咲が部屋に戻《もど》ってこないから探しに行こうと思った矢先に部屋にカードが届いた」

「カード？」

「美咲はもらっていくって書いてあって、やられたと思ったよ。あいつはハリウッド映画の見すぎだ」

秋彦は疲《つか》れ果てた表情で肩《かた》を竦《すく》める。簡単そうに云《い》っていたけれど、美咲の居場所を突き止めるのは大変だったはずだ。探してくれていると信じていたけれど、まさかヘリコプターで直《じか》に乗り込んでくるなんて、予想だにしていなかった。

「このヘリコプターはどうしたの？」

「大学のときの友人から借りたんだ。友人の会社の持ち物なんだけどな」

「借りたって……やけに本格的だけど……」

正直なところ、乗り心地《ごこち》はあまりよくない。座席は硬《かた》いし、空調も効いていないようだった。その代わり、飛行速度がやけに速いように感じる。

「軍用ヘリだからな」

「軍用!?　いったい、どんな会社なわけ？」

「いわゆる民間軍事会社ってやつだな。通常はＶＩＰの警護や貴重な品の運搬《うんぱん》なんかを請《う》け負ってるらしい」

「だから、こんなすごいヘリコプター持ってるんだ……」

秋彦の交友関係の広さには、改めて驚《おどろ》かされる。

「昔売っておいた恩が役に立ったな」

そう云って笑っているけれど、どれほど気を揉《も》ませてしまったかと思うと胸が痛くなる。

「……秋彦さん。ミシャールのこと、嫌《きら》いにならないであげてよ。すごく強引《ごういん》だったけど、ただ淋《さび》しいだけだったんだ」

やり方は間違《まちが》えていたけれど、友達が欲しいだけだったのだ。

「怒《おこ》ってはいるけど、嫌いにはなってないよ。不思議と憎《にく》めないんだよな。王子様のわがままは傍迷惑《はためいわく》だったが」

「ミシャールが王子様だって知ってたの⁉」

「すぐわかったよ。泊《と》まっていた部屋のグレードも船内でのＶＩＰぶりも不思議だったから、そこから調べたんだ。思ったとおり大口株主で、フルネームで調べたらすぐに素性《すじょう》が出てきた」

「諦《あきら》めようとは思わなかったの…？」

美咲の問いに、秋彦は小さく噴《ふ》き出した。

「俺が？　バカだな、太陽が西から昇《のぼ》ったとしても、美咲のことを諦めたりするわけないだろう？」

「……っ」

迷いのない言葉に、鼻の奥がツンと痛くなる。泣き顔を見せたくなくて、秋彦の胸に顔を埋《うず》めた。

「泣いてるのか？」

「泣いてないよ！　ちょっと寒くなっただけ」

「そうか」

背中に回された腕は温かくて、どこまでも優《やさ》しかった。

◆

ミシャールの別荘《べっそう》から助け出されてから、美咲たちはマイアミのホテルの一室に落ち着いた。すぐに日本に帰るとなると、かなりの強行軍になる。そのため、少し休んでいこうということになったのだ。

秋彦は美咲がいなくなったことを知ってすぐに下船し、あちこちに手を回してくれたらしい。そのときの心境を思うと、申し訳なさでいっぱいになる。

「やっと、落ち着いたな」

秋彦は羽織っていた麻《あさ》のジャケットを脱《ぬ》ぎ捨て、どさりとベッドに腰《こし》を下ろした。美咲にはあまり疲れた顔を見せないようにしているけれど、疲《ひ》労《ろう》の色は隠《かく》せていなかった。

美咲は部屋の隅《すみ》に置かれたテーブルに寄りかかり、ずっと云おうと思っていた言葉をやっと口にした。

「……秋彦さん、ごめんね」

「お前は何も悪くないだろう。まさか、あそこまでの強硬《きょうこう》手段に出られるとは、俺も予想してなかったからな。油断したよ」

「そうじゃなくて、その、ケンカしたこと。頭ごなしに責めたりして、ごめんなさい」

納得《なっとく》できないことだとしても、秋彦が意味もなく理不尽《りふじん》なことを云うわけがない。短絡《たんらく》的だったのは美咲のほうだ。

ミシャールが美咲に抱《いだ》いていたものは恋愛《れんあい》感情とは違《ちが》ったけれど、二人きりになるなという秋彦の忠告も結果的に正しかった。心配をかけてしまって、本当に申し訳ないと思う。

「俺も私情を挟《はさ》みすぎた。冷静さが欠けていたと反省してる」

「秋彦さんは悪くないよ！」

「なら、おあいこってことでいいか？」

「そうだね」

見つめ合って、笑い合う。

いまこうして手を伸ばせば届く場所に、秋彦がいる幸せを噛《か》みしめた。

「そういえば、美咲、少し焼けたか？」

「あ、うん、プールで泳いだりしてたから」

外でも日焼け止めを塗《ぬ》らずにいたため、ずいぶん焼けてしまった。

「おい、俺が必死にお前の行方《ゆくえ》を調べてるときに遊んでたっていうのか？」

「だ、だって、そうじゃないとミシャールが俺の話を聞いてくれなかったんだもん！」

秋彦の下《もと》に帰るには、ミシャールとの勝負に勝つ必要があった。結局、一勝もできなかったのだが。そのことを必死に説明する。

拗《す》ねた表情をしていた秋彦だったが、美咲の慌《あわ》てた様子に表情を崩《くず》して笑い出した。

「冗談《じょうだん》だよ、怒ってないって。ただ、美咲と一緒《いっしょ》に泳いだミシャールのことは妬《や》けるがな」

「じゃあ、二人で泳ぎに行こう！　あ、でも、もうそんな時間ないか……」

結局、当初の予定の半分もこなせなかった。今回の騒動《そうどう》で、せっかくの旅行が台なしになってしまったことは残念だ。

「何云ってるんだ。まだ春休みは残ってるだろう。しばらく、ここでのんびり過ごせばいい」

「いいの？　でも、仕事は大丈夫《だいじょうぶ》？」

秋彦は締《し》め切りをいくつも抱《かか》えた売れっ子作家だ。

二週間も旅行に行くだけでも各社の担当編集者に渋《しぶ》い顔をされたくらいなのに、さらに延長することが許されるものだろうか。

「心配しなくても問題ない。連絡《れんらく》待ちの間、落ち着かなかったからずっと仕事をしていたんだ。お陰《かげ》でずいぶんはかどって、来週が締め切りの原稿《げんこう》ももうでき上がった」

「本当に!?」

「ああ、もうデータはすでに送ってある」

「じゃあ、じゃあ、観光しようよ！　あとは兄ちゃんたちにもお土産《みやげ》買って帰りたいし——」

「わかったわかった。明日《あした》から、ゆっくり見て回ろう」

まだ秋彦と過ごす時間があることが嬉《うれ》しくて、はしゃいでしまう。

テンションが上がってしまった美咲を秋彦は笑いながら宥《なだ》めてくる。声が大きすぎたかと反省し、声を落として疑問を口にする。

「どうして明日？」

立ったまま、秋彦の顔を覗《のぞ》き込むようにすると、手を握《にぎ》られ逆に見上げられる。その眼差《まなざ》しにドキリとしていたら、続けられた言葉にさらに心臓が大きく跳《は》ねた。

「どうしてって、今日くらい、二人きりで過ごさせてくれ。お前が帰ってきたんだってことを実感したいんだ」

「！」

「ダメか？」

「……ううん、俺も。俺も秋彦さんにすっごく会いたかった」

少し心細げな秋彦の問いかけに、美咲は思いきり首を横に振《ふ》った。離《はな》れていた間、秋彦のことを考えない瞬間《しゅんかん》はなかった。

せめて夢で会えたらいいのにと願いながら眠《ねむ》りにつく日々は切なくて、苦しかった。

「やっと、本当の二人きりだ」

「うん」

そっと腰を抱《だ》き寄せられる。いつもは秋彦を見上げているのに、今日は逆の体勢だ。

（秋彦さんは、いつもこんな気持ちなのかな？）

肩《かた》に手を回すと、まるで自分の腕《うで》の中に秋彦が収まっているような錯覚《さっかく》を覚え、言葉にならない愛《いと》しさが込み上げてきた。

体を屈《かが》め、おずおずと顔を近づける。もう少しで唇《くちびる》が触《ふ》れる、という瞬間、秋彦に頭を引き寄せられた。

「ん……っ」

閉じかけていた目を思わず見開いてしまう。喘《あえ》いだ唇の隙間《すきま》から、忍《しの》び込むように舌が入り込んでくる。ぬるりと絡《から》み合い、頭の芯《しん》がぞくぞくとおののいた。

至近距離《きょり》で目に入る秋彦の顔に、恥《は》ずかしさが込み上げてきた。目を開けたときと同じくらいの勢いで、目蓋《まぶた》を閉じた。

「んん、ぅ……」

膝《ひざ》が震《ふる》え出した体を支えるため、秋彦の肩に摑《つか》まった。

この一週間、一度も秋彦に触れられていない。そのせいで美咲の体は飢《う》えきっていた。いきなりあんなキスをされたら、ひとたまりもないに決まっている。

「ン…っ、んん……」

するりと腰を撫《な》でられたかと思うと、Tシャツの裾《すそ》から秋彦の手が忍び込んできた。背骨のラインを指先でなぞり上げる感触《かんしょく》に腰が震える。

口づけと秋彦の手の動き、どちらに集中していいかわからず意識が散漫《さんまん》になる。搦《から》め捕《と》られた舌先を甘嚙《あまが》みされ、かくりと膝が折れてしまった。

「あっ……」

くずおれそうになった体を抱き込まれるようにして、ベッドに押し倒《たお》された。スプリングに跳ねる体を押さえつけられ、さらに深く口腔《こうこう》を貪《むさぼ》られる。

「んっ、んん、んー…っ」

秋彦のキスは頭の中までめちゃくちゃに搔《か》き回してくる。とくに今日は、いつも以上に執拗《しつよう》だった。

「んぅ、はっ……秋彦さん、ちょっと休ませて……」

一瞬、唇が離れた隙《すき》に秋彦を押し返して泣き言を云《い》うと、珍《めずら》しく聞き入れてくれた。

「少しだけだからな」

肩で息をしながら、キスの余韻《よいん》に浸《ひた》る。ベッドから離れた秋彦は、ミネラルウォーターのペットボトルを手に戻《もど》ってきた。

「あ…俺も飲みたい……」

「お前に持ってきたんだよ」

秋彦はそう云って自ら水を呷《あお》ると、美咲に口移しで飲ませてくる。飲みきれずに零《こぼ》れてしまい、口の端《はし》を伝ってベッドを濡《ぬ》らしてしまった。

「もっと……」

「水を？　それとも、キスのほうか？」

「どっちも」

美咲の欲張《よくば》りな願いを、秋彦は黙《だま》って叶《かな》えてくれた。水を飲み下したあとも冷たくなった舌同士を絡め合う。

溶《と》け合ってしまうのではと思うほど濃厚《のうこう》な口づけに、美咲の体は熱を帯び始めていた。全身を巡《めぐ》る血液が沸騰《ふっとう》してるみたいで、うるさいくらいに心臓が早鐘《はやがね》を打っている。

ずきずきと疼《うず》く下腹部が気になってたまらない。足を摺《す》り合わせてごまかそうとしたけれど、膝で太腿《ふともも》を割られてしまった。

芯を持ち始めたそこを秋彦の筋肉質な腿で擦《こす》られる。服の上からの刺激《しげき》にも、美咲の体は過《か》敏《びん》に反応した。

「んぁ…っ、あ、そこ、や、そんなにしないで……っ」

「して、の間違《まちが》いじゃないのか？」

「ぁあ……っ、や、あ……ッ」

ぐりぐりと膝頭《ひざがしら》を押し込まれ、腰《こし》がびくびくと跳ねる。ぬるぬるとした感触から、張り詰《つ》めた昂《たか》ぶりはすでに先端《せんたん》を潤《うる》ませているのがわかった。

濡れた下着ごとハーフパンツを剝《は》ぎ取られ、日焼けの跡《あと》がくっきり残る下肢《かし》を剝《む》き出しにされる。

「や……っ」

肌《はだ》の色など気にしたことはなかったけれど、腰回りだけが白いせいで昂ぶっている自身が余計に目立つ気がして恥ずかしかった。

「こうして見ると、ずいぶん焼けたんだな」

「あ…あんまり見ないで……」

水着の線の残る太腿を指先でなぞってくる。恥ずかしさに思わず膝を立てて閉じたけれど、すぐに割り開かれてしまった。

「あ、ダメ……っ」

止める間もなく、手の平にたっぷり取ったスキンオイルを足の間に塗《ぬ》りつけられた。昂ぶりの先から後ろの狭間《はざま》まで滴《したた》っていく。

きっと、このオイルはさっきミネラルウォーターと一緒に持ってきたのだろう。

「ひぁ…っ」

ぬるりと撫でられ、間抜《まぬ》けな声を上げてしまった。オイルを纏《まと》った指は、躊躇《ためら》いもなく美咲の中へと押し入ってきた。

「あ…ぁ…あ……っ」

緻密《ちみつ》な物語を生み出す秋彦の指が、ゆっくりと奥まで入っていく。

「そんなに締《し》めるな。動かせないだろう」

「うそ……中で、動いて……っ」

中から感じる小刻みな振動《しんどう》に、粘膜《ねんまく》がひくひくと震える。云われたように、指一本が限界に思えるほどに狭《せま》かったけれど、オイルのお陰《かげ》で秋彦の指は滑《なめ》らかに動いていた。

秋彦は内壁《ないへき》を指の腹で解《ほぐ》すように押しながら掻き回し始めた。解れてくるのを見計らって抜き差しを始め、本来は受け入れる場所でないそこを慣らしていく。

秋彦は指を増やして掻き回す動きを大きくしつつ、脱《ぬ》ぎそびれていたTシャツを捲《まく》り上げ、小さな尖《とが》りに吸いついた。

「んぅ……ッ」

舌で転がし、歯を立てる。充血《じゅうけつ》するほど強く吸い上げ、硬《かた》くなると舌先で押し潰《つぶ》す。その繰《く》り返しに、痛痒《いたがゆ》いような感覚が募《つの》っていった。

もっと強くして欲しいと思うのに、秋彦は欲しいものをぎりぎりで与《あた》えてくれない。

「はっ……あ、んん……っ」

体内を掻き回されるたびに、くちくちと嫌《いや》らしい音が立つ。鼓膜《こまく》からも犯《おか》されているようで、美咲の体は甘く蕩《とろ》けきっていった。

「……ねえ、もう、いいから……っ」

「何がだ？」

わざと惚《とぼ》ける秋彦が憎《にく》たらしい。けれど、恥じらっている余裕《よゆう》などないほど、美咲の体は秋彦を求めていた。

「おねが……秋彦さんの、入れて……」

訴《うった》えた瞬間《しゅんかん》、ずるりと指を抜かれ、その代わりに熱く猛《たけ》った屹立《きつりつ》を押し当てられた。膝の裏を押し上げられ、切っ先がめり込んでくる。

「あ、ああ……っ」

勢いよく貫《つらぬ》かれ、体が大きく撓《しな》る。それと同時に、美咲は白濁《はくだく》を吐《は》き出していた。下腹部は小刻みに震え、半透明《はんとうめい》の体液を溢《あふ》れさせている。

「あ……俺……」

突《つ》き上げられた衝撃《しょうげき》で達してしまったことに気づき、かあっと顔が熱くなる。頭を上げると、自分のもので汚《よご》れた腹部と未《いま》だに張り詰めたままの自身が目に入った。

秋彦のものを銜《くわ》え込んだ体はジンジンと疼き、貪欲《どんよく》に快感を欲《ほっ》している。

「そんなに締めつけなくても、終わりになんかしないよ」

「……っ、何…⁉」

わけを問う間もなく腕を引っ張られて体を起こされ、秋彦を跨《また》ぐ体勢を取らされた。

「んっ……」

自分の重みで体が沈《しず》み、より深い場所まで届いてしまう。最奥《さいおう》に当たった衝撃に耐《た》え、喉《のど》から零れる声を噛《か》み殺した。

「自分で動いてみろ。できるだろう?」

秋彦は着ているシャツのボタンを外しながら、美咲に命じる。はだけた胸元《むなもと》に目をやると美咲と同じように汗《あせ》ばんでいるようだった。

「……うん」

羞恥《しゅうち》を堪《こら》え、小さく頷《うなず》く。美咲は秋彦に摑《つか》まり、しっかりと繋《つな》がり合った腰を揺《ゆ》らし始めた。気持ちがいい場所に硬いものが当たるよう、必死に動く。ベッドのスプリングの力を借り、跳《は》ねるようにして腰を振《ふ》った。

「あっ…あ、あ……っ」

「今日はずいぶん大胆《だいたん》だな」

「や…云わ…ない、で……っ」

そんなことは自分でもわかっている。いつもは羞恥心が鍵《かぎ》をかけている理性の箍《たが》が、今日に限っては解放されてしまっているのだ。

噴《ふ》き出す汗が肌にTシャツを纏《まと》わりつかせる。湿《しめ》った生地《きじ》が貼《は》りつく不快さに耐えきれず、途中《とちゅう》で自ら脱ぎ捨てた。

いまにも蕩けて崩《くず》れてしまいそうな感覚が心許《こころもと》なくて、秋彦の頭にしがみつく。すると今度は胸の先にキツく歯を立てられ、背中を弓なりに撓らせた。

「あっ…⁉　は……っ、秋彦さん、もうできな……っ」

動けば動くほど感じてしまい、体の自由が利かなくなっていく。もっと中を擦りたいのに、思うように動けなかった。

「音を上げるにはまだ早いだろ」

秋彦は弱音を一蹴《いっしゅう》する。しかし、すぐに冗談《じょうだん》だよと涙目《なみだめ》の美咲に囁《ささや》き、望みどおりの刺激をくれた。乱暴に揺さぶられる体は快感に蕩けていった。

「あっあ、あ……！」

下から送り込まれる律動は甘く美咲を掻《か》き乱す。腰を摑まれ、激しく穿《うが》たれ続ける体はもう快感に溺《おぼ》れきっていた。

「も、いく、いっちゃう……っ」

「わかってる」

優《やさ》しく宥《なだ》めるような声音《こわね》とは裏腹に、追い上げてくる動きは荒々《あらあら》しかった。壊《こわ》れてしまいそうなほど激しく揺さぶられ、美咲の唇《くちびる》から発せられる声は一層甘さを帯びていく。

「ああっ、あ、あ、あ……⁉」

「……っ」

美咲が大きく体を震《ふる》わせるのと同時に、秋彦も美咲の中で欲望《よくぼう》を爆《は》ぜさせた。屹立を包み込んだ粘膜は果てた余韻《よいん》に打ち震え、欲望の残滓《ざんし》すら啜《すす》ろうとしているかのようだ。

「はっ……」

ふにゃりと倒《たお》れ込んだ体を受け止められ、そのままキツく抱《だ》きしめられる。肩《かた》に顔を埋《うず》めてくる秋彦は、まるで迷子の子供のようにも見えた。

いま初めて、秋彦の抱《かか》えていた不安を目《ま》の当たりにした。

「もう、どこにも行くなよ」

「うん、絶対に離《はな》れない――」

力いっぱい抱きしめてくる秋彦の背中を掻き抱《いだ》きながら、約束の言葉を告げる。

(ごめんね、秋彦さん)

もう二度と、秋彦の傍《そば》を離れたりしない。美咲はそう心の中で誓《ちか》いを立てた。

Junai Romantica 7

ドキ ドキ
ウ
ドキ
ウサギさん
モゾ モゾ
純愛《じゅんあい》ロマンチカ7
エピローグ
あくまで第三者《だいさんしゃ》の考《かんが》えですが
油田《ゆでん》って持《も》ってるにこ、こした事《こと》はないんじゃないかな
ドキ モゾ モゾ
何《なん》で
だって油田《ゆでん》だよ!?
13億《おく》どころじゃないじゃん
一生遊《いっしょうあそ》んで暮《く》らせるよ!?
え?
遊《あそ》んで暮《く》らせる位《くらい》の資産《しさん》はあるが
コイツ コロス…!!
どちらにしても一度現地《いちどげんち》を見《み》てくれってしつこいんだよ
さてどうやって断《ことわ》るか…
フ――ッ

現地《げんち》って中東《ちゅうとう》に来《こ》いって事《こと》？
らしい
現物《げんぶつ》見《み》たら気持《きも》ちも変《か》わるだろうって言《い》うんだが
俺《おれ》のこのスケジュールで一体《いったい》どこにそんな余裕《よゆう》が…
へー
でもいーね！中東旅行《ちゅうとうりょこう》とかいーじゃん
え？
あ いや 俺《おれ》の勝手《かって》なイメージだけどさ
何《なん》か白《しろ》いビラビラした服着《ふくき》てらくだに乗《の》ってさかっけーし
チョーキラキラでキンキンキラキラ
昔《むかし》何《なん》かの本《ほん》で見《み》たけど
アラブの富豪《ふごう》の家《いえ》って笑《わら》っちゃう位《くらい》すげーのな！
もり もり

いい機会《きかい》だし
取材《しゅざい》とか口実《こうじつ》
作《つく》って行《い》ったら？
……アラブ……
俺《おれ》ちゃんと
留守番《るすばん》してる
からさー
……ラクダ……
美咲《みさき》とアラブと
月《つき》の砂漠《さばく》……

なーんてね
ま 妄想《もうそう》は
この程度《ていど》にして
とりあえず
さっさと原稿《げんこう》
上《あ》げなよ
俺《おれ》 夕《ゆう》メシの
買《か》い物《もの》行《い》ってく…
ごちそーさま
ガシッ
え？
何《なに》？
ズル
よし
今《いま》から
行《い》くぞ
え？
どこに？
ズルズル
アラブに
え!!??
いや今《いま》の
冗談《じょうだん》だから
あの
ちょっと
本当《ほんとう》に
すみません
テキトーに言《い》って
すみません——!!!!
やめて
ズル
その上《うえ》
まさかまた
ネタにされて
本《ほん》が出版《しゅっぱん》されるとは
知《し》る由《よし》もない
高橋美咲《たかはしみさき》であった
[純愛ロマンチカ7♥END]

あとがき

はじめまして、こんにちは、藤崎都です。今年も花粉の季節がやってきましたが、皆様《みなさま》いかがお過ごしですか？

予報によると昨年よりは花粉の飛散量が少ないらしいので、それだけはありがたいです。わんこの散歩帰りは、できる限り室内に花粉を持ち込まないよう気をつけようと思います。

さて、前巻から三年半ぶりの『純愛ロマンチカ』でしたが、いかがでしたでしょうか？

今回の二つのお話は、以前アンケートで皆様からいただいたリクエストを元に中村先生と相談してプロットを作らせていただきました！

とくにハネムーン編はリクエストの多かったテーマを組み合わせた結果、こういうお話になりました。新婚《しんこん》旅行＋豪華《ごうか》客船＋アラブをまとめるという無謀《むぼう》な試みでしたが、何とか形にできてほっとしています。

それにしてもアンケート結果は、さすがと云《い》うべきか、『純愛ロマンチカ』のカップリングのリクエストが多かったですね。こういった企画《きかく》も楽しかったので、また機会がありましたら、皆様のリクエストにお応《こた》えできたらなと思ってます。なので、ご意見ご感想などお寄せ下さると嬉《うれ》しいです！

ちなみに普段《ふだん》、原稿《げんこう》を書くときはラストに向けて徐々《じょじょ》にテンションを上げていくのですが、『純愛』シリーズは最初からテンションMAXでないとなかなか書けないため、今回は勘《かん》が戻《もど》るまで時間がかかってしまいました……。

普通なら照れてしまって書けないような台詞《せりふ》やシチュエーションを満載《まんさい》にするのが、このシリーズの醍醐味《だいごみ》だと思っておりますので、筆力は及《およ》ばないながらも精一杯《せいいっぱい》ウサギさんの気持ちになりきってがんばりました(笑)。少しでも楽しんでいただけたのなら幸いです！

アラブものは以前オリジナルで『千夜一夜の快楽を』というタイトルの作品を書いたことがあったので、どうにかなるだろうと軽く見ていたのですが、当時の記憶《きおく》はほとんどリセットされてしまっていて、結局再度調べて雰囲気《ふんいき》を摑《つか》み直しました…。

私のオリジナルの方は、アラブ好きの方のお眼鏡《めがね》に適《かな》うかどうかわかりませんが、こちらもどうぞよろしくお願いします！(宣伝ですみません／笑)

最後になりましたが、お礼を。

今回も素敵《すてき》な表紙と挿絵《さしえ》を描《えが》いて下さいました中村先生、ありがとうございました！　王子をイラストで拝見するのが楽しみです！

そして、担当様にもお世話になりました。ご多忙《たぼう》かと思いますが、くれぐれもお体を大事にして下さいね。

最後になりましたが、この本をお手に取って下さいました皆様、感想のお手紙を下さった皆様に心から感謝しています。今後も精進《しょうじん》していきますので、どうぞよろしくお願いします。

最後までおつき合い下さいまして、ありがとうございました！

またいつか貴方《あなた》にお会いすることができますように♥

藤崎　都

二〇一二年早春

今日は初めまして。中村春菊です。
このたびは純愛ロマンチカ⑦を手に取って頂き
ありがとうございました!!

藤崎先生もいつもありがとうございます!
私もどこかクルーズに行ってみたいです…
ねてばっかりいそうな気もしますが…

コミックスで「純情ロマンチカ」も出ておりますので
よろしければこちらも読んでやって頂けるとありがたい
です…!!

（近況）ナベを盛大にこがしました
重曹がんばって…!!

2011.ナカムラ

純愛《じゅんあい》ロマンチカ 7

藤崎《ふじさき》 都《みやこ》 原案／中村春菊《なかむらしゅんぎく》

角川ルビー文庫 R 78-51　　17341

平成24年 4 月 1 日　初版発行

発行者——井上伸一郎
発行所——株式会社角川書店
東京都千代田区富士見2-13-3
電話/編集(03)3238-8697
〒102-8078
発売元——株式会社角川グループパブリッシング
東京都千代田区富士見2-13-3
電話/営業(03)3238-8521
〒102-8177
http://www.kadokawa.co.jp
印刷所——旭印刷　製本所——BBC
装幀者——鈴木洋介

ISBN978-4-04-100217-9　C0193　定価はカバーに明記してあります。

出版社・丸川書店を舞台に繰り広げる
編集者が青ざめるほど
ちょこっとリアルな出版業界ラブ☆
営業の暴れ熊も形なしだな。
——俺を押し倒そうなんて百年早い。
中村春菊★描き下ろし漫画収録!
藤崎都 小説
Miyako Fujisaki
中村春菊 原作&まんが
Shungiku Nakamura
横澤隆史の場合
世界一初恋
セカイイチハツコイ
ずっと好きだった親友・高野政宗に振られやけ酒を煽った出版社・丸川書店
営業部所属の横澤隆史。ふと我に返ると知らないホテルにいて…?

ルビー文庫

ASUKA COMICS CL-DX
中村春菊
Shungiku Nakamura
初恋なんて、叶わないモノ。
——そんなの、誰が言ったわけ？
大人気コラボ♥
コミックス
大好評発売中!
やり手編集長×勝ち気な新米編集者が贈る
編集者が青ざめるほどちょこっとリアルな
出版業界ラブ!
小野寺律の場合
世界一初恋
セカイイチハツコイ
訳あって丸川書店に転職した小野寺律。
傲慢不遜なやり手編集長:高野政宗との因縁が発覚し…!?

藤崎都 Miyako Fujisaki
イラスト
陸裕千景子
誰かにいつか食われるくらいなら、
俺が先に食ってやる――――…。
野蛮な漫画家×魔性のアシスタントのドキドキ業界ラブ！
青年漫画家の恋
The love of the young man cartoonist
売れっ子青年漫画家の加賀のもとでアシスタントをしている
大学生の七紀には、ある秘密があって…!?

藤崎都
Miyako Fujisaki
イラスト 陸裕千景子
ごめん、俺落第かも。
——先にいれさせて。
一途な小説家×強気な編集者の出版業界ラブ!!
恋愛小説家の恋
The love of a novelist
倒産秒読みの出版社の編集者・秋本がダメもとで
執筆依頼をしたのは、売れっ子小説家・蒼井まこと。
ところが蒼井の正体が大学時代の恋人・松永だとわかり…!?

ルビー文庫